KB080579

멀리 가는 느낌이 좋아

멀리 가는 느낌이 좋아

창비

차례

제2부 · 세상이 아름답지 않은 것도 아니란다

제3부 · 천국을 의심하는 희미한 천사로서

제4부 · 꽃을 등 뒤에 숨기고 놀래키려는 사람처럼

제 1 부

하지만 밤을 뒤집어보면

오래된 영화

깊이 잠들었다 눈뜬 아침에
내 인생이 오래된 영화처럼 느껴질 때가 있어

오래된 것은 그저 오래된 것
한옥 마을 앞에서 '얼마든지, 얼마든지'
약속하는 두 사람 같은 것

레트로풍의 활짝
벌어지는 주름치마를 입고

인간의 역사를 다룬 영화를 볼 때

활짝 펼쳐진 입체 그림책같이
올록볼록 솟아나는 사람과 풍경들

이 세상은 알 수 없는 은유로 가득해

어느 날 우리 집 초인종이 울린다면
시킨 적 없는 택배가 우르르 도착한다면

죽은 택배 기사와 언 손을 문지르며
쿠키를 쪼개 나누어 먹는 고요한 시간에 대하여

아코디언 연주자가 처음부터 다시
연주를 반복하는 것

트럼프 카드를 쥔 마술사가
여러 종류의 카드를 펼쳐두는 것

긴 기억의 회랑을 건너
문지방을 밟고 나의 방을 바라보면

녹색 담요를 두른 작은 개와
어둠에 휩싸인 책들

문지방을 밟고 반대편을 바라보면
할머니가 된 나에게 물어보고 싶은 것

무엇을 먹고 무슨 꿈을 꾸는지
어떤 일과로 하루가
굴러가는지

그 방에는 아직 녹색 담요가 남아 있는지

작은 개가 내 손을 건드릴 때
내 인생이 오래된 레코드처럼
튀었다 흐르기 시작해

활짝 벌어진 주름치마는
무언가 말하려 살짝 벌어진 입술같이

밤이 검은 건

밤에는 차선을 구별하기가 힘들어지고
서로의 실루엣을 가볍게 통과하고

밤이 검은 건 우리가 서로를 마주 봐야 하는 이유야

어둠 속에서 이야기는 생겨나고
종이 한장의 무게란
거의 눈송이 하나만큼의 무게이겠으나

무수한 이야기를 싣고 달리는 선로만큼 납작하고
가슴을 가볍게 누르는 중력만큼이나 힘센 것

한장의 종이는 이혼을 선언하는 종지부이거나
사망신고서
찢어버린 편지이기도 하지

내가 한장의 종이를 들고
전봇대 위로 올라가 홀로 전기를 만지던 당신의 손을 붙
잡는다면

백만 볼트의 전기가 흘러 당신의 입술과 함께 덜덜덜 떨리면
세상이 몹시 외롭고 이상한 별처럼 보이겠지

아주 깜깜한 밤은 검은색으로만 이루어진
외딴 우주 같아

하지만 밤을 뒤집어보면
무수히 많은 빛들의 땅으로 이루어져 있고

밤과 새벽 사이 무수한 빛의 스펙트럼을 밟고
오늘도 걸어가는 사람들이 있어

세상의 모든 이야기가 무겁다지만
이야기를 품은 인간의 무게만 할까,

어떤 종이에는 불법 점거의 위법 사항이나
파산에 대한 위협적인 말들이 적혀 있고

법률 서적을 성실히 교정보는 오후에

위법과 과실에 대해, 어떤 치사량에 대해
세상은 명료히 말할 수 있는 것을 사랑하지

그러나 낮과 밤 그 사이 시간에는 이름이 없고
떠난 사람의 발자취에는 무게가 없고

외주의 외주의 외주가 필요했던
치사량의 노동에 대해

말할 수 있는 것과 말할 수 없는 것 사이에서

홀로 이야기의 성을 맴돌며
잠들 수 없는 한 사람의 고독한 뒷모습을 떠올리며

오늘 밤에도 어떤 말들을 중얼거리고 있어.

도래할 미래

이 도로 위에는 조수석에 앉아 두 발을 올린 사람,
담배 피우며 라디오 듣는 사람,
창문에 기대 꿈꾸는 사람도 있네

모두들 어디를 향해 가고 있을까,
꽃놀이를 위한 놀이동산이거나
엄마가 있는 요양병원, 혹은 설이나 유치원,

나는 거래를 끊으려는 거래처의 마음을 돌리러 가고 있네
어제 읽은 책에서 밑줄 친 건
"같은 강물에 두번 발을 담글 수 없다"
유명한 철학자의 경구를 경고처럼 받아들이며 살아왔네

지난 몇년간의 납품 목록; 특수 볼트와 너트, 산업용 공구,
기름 냄새, 무릎이 다 닳아도 좋아, 추위 속의 멋지지 않았던
프러포즈까지

우연히 발견한 좋은 문장을 다시 찾을 수 없듯
인생은 행운을 두꺼운 겹겹의 책 속에 숨겼네

이 차를 되돌려 돌아갈 집은 셋의 미래를 담기에는 좁은 집
넷의 기쁨을 누리기엔 불가능한 집
그래도 꼬마 병정들이 소박한 웃음의 입구를 지키는
집의 모양을 생각하면서 도로를 달리네

천사백년 된 은행나무처럼 아스라하고 왠지
평화로울 것만 같은 22세기 대학을 상상하며 또 한발짝
나른한 생각에 빠진 한 사람, 두 사람, 세 사람을 싣고 이
도로가 향하는 곳은

전구의 비밀

마을버스란 꼬마전구 같아. 도시를 이으며 반짝이는.
작은 사람들은 작은 꿈을 꾸고, 그 꿈을 이으며
전기는 흐르네. 덕분에 어제의 길을 오늘도 걸어갈 수
있는 거라고. 세상엔 불 켜진 집들만큼이나
불 꺼진 집들이 있고, 하염없이 바라보다보면 어둠에
두 발이 빠질 것 같지. 버스에 흐르는 오래된 유행가도
불 꺼진 집 사람들이라면 웃기고 만지지 못해.
깨진 전구는 늘 날카로움을 가르치고, 그건 우리가
밤에 속삭이듯 말하게 되는 이유라네. 버스는 도시의
가장 구불구불한 곳까지 가고, 우리가 불빛과 유행가와
전기로 이어져 있다면, 나도 어디선가 네 손을
잊지 않고 꽉 붙들고 있는 거라고. 전기가 도달하는
가장 끝 집은 어딜까. 인생의 불씨를 꺼뜨리려던 사람이
아직 희미하게 불을 켜두었을 때, 이렇게나
많은 곳에서 동시다발적으로 전기란 존재하지만,
몹시 어두운 얼굴을 하고 있던 이들의 표정을
잠깐 따라 해보자. 그들의 음성을 우리의 입술로
말해보면, 우리 눈에 같은 것이 반짝, 어릴지 몰라.
어린 시절에 우리는 보자기만으로 유령과 공주가

될 수 있었지. 금은보화가 가득한 항아리를 꿈꾸기도 했어.
어느 날에, 어느 날에 꾸었던 꿈들이 가까스로 일어나
불을 켜게 만들고 저녁 일곱시에 가로등이 켜지고
전조등을 켜고 안개비를 뚫고 우리가
서로의 집을 방문해 번쩍 불이 들어오게 만드는 거야.

꽃 없는 묘비

우크라이나에게

시간의 열차 맨 뒤 칸에 서서
지나온 시절의 영사기를 돌리면

쏘아 올린 포탄에
아이들의 신발이 멀리 날아가고

산불에 집을 잃은 새들의
완전한 멸종을 슬퍼하는 이들이
저마다 작은 행진을 벌이고 있어요

이제는 작은 것을 말하고 싶어요

작은 거미가 만드는 집의
조형적인 아름다움

새가 물고 날아가는 나뭇가지의
가느다란 기쁨

번지는 저녁 빛 그림자 아래

고양이의 가르릉
이 사고뭉치를 얼마나 좋아하는지

말없이 걸어요

도시의 호텔은 고독한 눈동자
부랑자는 끝내 들어갈 수 없는 두꺼운 철문

뒷골목에서 아동복을 파는 노점상이
옷들의 긴 첨탑을 쌓아 올리고

네 이웃을 위로하라, 맨 꼭대기의 교회가
닿을 수 없는 곳에 있어요

개들은 아름다워요
존재의 불행을 깨무니까요

역사는 승리한 자들의 얼굴만을 기록해왔지만

당신과 내가 같은 호흡을 나누어 가진다면
우리의 얼굴도 다시 쓰여야겠지요

시든 꽃과 죽은 새와 이름 모를 당신과 걸으며
우리 가방에 달린 작은 방울이 흔들릴 때

앞으로 나아가는 것이 전부인 세계라 믿으면
이 지면은 평평해요

세계의 가장 사적인 얼굴을 수집하며
울퉁불퉁한 길을 함께 걸어요

나는 더 작은 집으로 이사를 준비하고
당신은 폭격을 피해 떠나고 있어요

그 나라엔 영문을 모르고
주인 곁에서 끙끙거리는 개가 있겠지요

거리엔 크고 작은 묘비들이 꽃 없이 생기고 있어요

피아노의 우연한 탄생처럼

피아노의 우연한 탄생처럼*
우리는 태어났지

몹시 심심했던 폭발물 관리자가 터뜨린
농담 속에
내리는 진눈깨비처럼

최후를 맞이했을 때 떠올리게 되는 최초를

보리 한줌만큼의 사랑, 귀금속
하나만큼의 행복을 손에 쥐고서**

널 만나러 건너던 최초의 다리와
우리가 보았던, 인간의 웃음을 전시한

최초의 사진전과
우리를 빨아들인 최초의 블랙홀

우리가 발견하고 건설한 것들이

우리를 낡아가게 만드는 이곳에서

최초의 어둠이 내려 천천히 우리 눈꺼풀을 덮을 때

썩은 것들이 모여 다시
지구를 작동하게 만든다

인간의 원형은 작고 둥근 씨앗에 가까웠으며
우리의 언어는 우연히 발화되었다는 것

우리는 우연히 만나서
우연히 몸을 섞었지

그리고 이렇게 죽으니 좋다
구름이 우리를 관찰한다
오래전에 우리가 구름을 그리했듯이

우리 위로 날아온 것은 빛으로 가득 찬 공간에 관한 매거진이다

죽은 것들이 넘쳐서
이 공간을 풍부하게 살아 숨 쉬게 만든다

우리는 우리를 슬프게 만든
돌리면 언제든 터져 나오는 최초의
수도꼭지를 기억하네

“돈에 미친 사냥꾼들이라면 밤의 거죽도 뒤집어 하얗게 만들 거야”
우리가 쫓기며 속삭이던 말들이 흰 밤을 불러와

이제 아무도 쫓아오지 않는 곳에서

아무도 훔쳐 가지 않는 책이
아무렇게나 숨 쉬는

이 텅 빈 서점을 이리저리 배회하는 유령이라는 점이 좋아
오래전 이곳에 서울이라는 곳이 있었다고

편지 형태로 도착하는 모든 책을
주인 없는 서점에서 바라보는

최후의 세계는 최초의 세계를 닮았어

우리가 만나기 전에 상관없이
무의미하게 마구 흘러가던 시간처럼

우리의 가느다랗게 뒤엉킨 머리카락처럼

콜트식 권총은 불가능한 꿈***
불가능한 꿈을 가능하게 만들어왔던
작은 인간들이 이곳에 살았다고

* "그 필요성에도 불구하고, 정작 1700년경 피아노라는 악기가 탄생한 것은 우연이었다. 한 이름 없는 악기 제조자와 무절제한 군주의 기묘한 만남이 이 일의 발단이다."(스튜어트 아이자코프 『피아노의 역사』, 임선근 옮김, 포노 2015, 30면)

** "기록에 남아 있는 최초의 화폐 단위인 세겔(sheqel)은 보리와 귀금속의 중량이었다."(스튜어트 로스 『모든 것의 처음』, 강순이 옮김, 홍시 2020, 268면)

*** 앞의 책 285면.

역사적인 단추

어느 밤에 여행자가 집으로 돌아와
전등을 탁 켜는 순간처럼
투어를 마치고 돌아온 소프라노 가수로서 나는
옷장에 모든 것을 처박을 때 만족을 느낀답니다
반짝이는 드레스와 새것 같은 구두
누구보다 돋보이게 해줬던
세공된 액세서리까지

스카프는 목을 보호하는 기능이 있고
목을 조르는 기능도 있고
내 성대에서 나오는 음색을 당신은 사랑했고
점점점 높아지는 천장과
보이지 않는 객석의 당신을 나는 사랑했지요

나의 밤은 짐을 풀어 한꺼번에 쾅, 옷장을 닫을 때
심벌즈처럼 시작되고
제각기 다른 열두개의 단추가 달린 옷에는
열두개의 비밀이 숨어 있어

마당에서 땅을 파낸 개가 물어 온 단추와
한때 사랑했던 사람의 주머니에서 나온
처음 보는 단추들;
알록달록한 단추만 남기고 떠난
어린 조카의 것까지도

탁, 켜진 전등에 비친
나의 옷들은 무시무시한 그림자를 뽐내고
그렇게 완성된 무시무시한 역사가
나의 음색을 한층 돋보이게 해준답니다

절친한 친구 대머리 여가수*와
고장난 기타를 메고
이 고장을 가장 천천히 떠나는 열차를 타고서
나로부터 서서히 멀어질 때

아주 긴 창이 난 집과도 같이
아주 긴 열차에 올라타면
열차는 육백개의 단추를 가진 옷이 되고

호른의 빛과도 같이
번들거리며 당신이 사는 고장을 지나고 있답니다

* 외젠 이오네스코 「대머리 여가수」.

희망이 시간을
시간이 미래를

봄이 오면 봄꽃 피고 여름 오면 수영하고
그런 거 말고

존재의 바다로 풍덩 빠져드는
그런 시

쓰고 싶었는데요

아침에 뜨는 해가 만드는
벽의 빛

그런 거 말고
그런 시시한 거 말고

그런데 이상하게 감동적인 거 말고

정직하게 좋은 시
쓰고 싶었는데요

점심 먹고 산책 갔습니다

햇빛이 쓴 것과 햇빛이 지운 것
검은건반과 흰건반처럼

허리가 길고 검은 개
긴 전신주 그림자

그런 것 뭉텅뭉텅 밟고 지나갔고요

한의원 한약방 냄새
구구구 비둘기들

지나가며

혁명!
이라고 쓰인 책과

혁명!

없는 세상 사이에서

전기세 오르고 가스비 오르고
월급이 삭감되어도

해를 보며
이상하게 마음 안에 빛이 가득 차 있어요

미래없음 전망없음
희망인력 힘찬잡부

마치 하나의 말인 것처럼
지나가면 지나가겠지요

희망이 시간을요
시간이 미래를요

냉장고 안에는
애호박이 양상추가

썩어가고 있어요 천천히 조용히
살아 있음을 다하는 형태로

대파를 한단 사면
대파로 할 수 있는 모든 요리를 떠올리듯이

머리 위의 빛이 나지 않는 비행기를
계속 문지릅니다

그러면 날아갈 수 있다는 듯이

반박자 빠른
제멋대로 느려지는
그런 리듬

그런 발자국
속에 흔들리는 세상을

보고 있어요

보고 있습니다

반은 그늘에 반은 햇빛에
잠긴 채로요

와이파이

우리는 여행을 왔다
전구 없는 스탠드가 빛나고 있다
사람이 없는 복도에 서서히 불이 들어온다

앙리 루소의 그림을 이야기할 때
창밖으로 떠가는 검은 열기구
이 풍경은 앙리 루소 식으로 재조립된다

미라보 다리 위의 신사와
집중하는 눈빛과
프랑스에서의 총살 사건을 주머니에 넣고

주파수 도약 발명가였다는 헤디 라마의 이야기에
깊이 몰입할 때

우리는 모두 새로운 주파수를 발명하게 될 거야
우리가 모르는 곳에 도달하고 싶다

비가 와서 쓰지 못한 비치 타월과 수영복이

우리의 이야기를 듣고 있다
너울거리는 조명과 흔들리는 커튼이

연인에게 맞은 이야기부터 세상을
그리는 게 꿈이었다는 이야기까지

폭력으로 돌아오는 사랑의 말들을 위해
준비한 작은 창문을 넘어

와이파이는 연결되고
우리는 서사적으로 밤을 완성한다

넓은 테라스가 생각을 뻗어나가게 한다
이 테라스의 주인은 누구인가

우리는 어둠 속에서
여행지에서만 할 수 있는 말들을 속삭인다

피 묻은 시트는 교체될 것이다

천사의 모양이 새겨진 수전을 만지며

헤디 라마의 머리 위를 떠도는 천사들이 있다면
우리의 웃음소리를 닮았다면 좋겠다

퀸과 킹, 하트와 스페이드, 카드 패를 섞고
섞이는 얼굴과 섞이는 웃음을

기울어진 가방이 듣고 있다
테이블 위의 물병이 듣고 있다

자기에게만 들리는 주파수로
속삭이는 미완성의 이야기까지

에리카라는 이름의 나라

제주에서 만나 친구가 된
에리카의 빰이 희다 해도 검다 해도

에리카는 에리카
화를 내도 격렬하게 웃어도

내가 좋아하는 에리카에게
내가 좋아하는 텅 빈 수수깡을 한다발 안겨주고 싶다

눈이란 외로운 사람들이 모아둔 일기 같고
도착하기도 전에 사라지는 것들이 있다

내가 포착한 에리카와
그 포착을 빠져나가는 에리카 사이

"여자를 싫어하는 사람들은 나를 우울하게 만든다"*라고 쓴

울프의 일기와 비비언 마이어의
익살스러운 사진 속으로

우리가 피워낸 고독한 향을 흔들고 싶다

에리카의 머리카락이 붉다 해도 흐른다 해도

우리에게는 노래하는 유쾌한 모자가 있어
뉴 노멀의 시대, 뉴 노멀의 시대, 마치
해피 버스데이 노래처럼 흘러나오고

제2공항 건설로 이 테이블은 대립하고
이 탁자는 쪼개질 것 같다

해안선을 정치적이고 상업적으로
해석할 수 있는 자는 누구인가

우리의 몸에 관하여 법적으로 죄를
물을 수 있는 이들은 또한

오늘의 날씨와 오늘의 막차 오늘의 홍차를 마시며

에리카라는 꽃의 꽃말에 따르면
오늘은 고독하겠지만

에리카의 빰이 붉다 해도 희다 해도

에리카는 에리카
웃고 화내고 격렬하게 우리는 함께
킥보드를 타고 해안선 멀리까지 나아간다

* 버지니아 울프 『울프 일기』, 박희진 옮김, 솔출판사 2019, 188면.

한강

한강은 오백 킬로미터나 되고
공업용수로도 쓰이고 지역 도시의 상수도원이 되고 수력발전에도 쓰인대

덥수룩하게 자란 네 뒤통수는 이국적인 나무 같고

아름다운 다리와 철로들
쓰러질 듯 긴 나무들의 움직임

우리는 자전거를 타고
페달을 굴리고
서로에게서 멀어졌다가 다시
가까워지고
함께 있으면서 홀로의 감각

허공에서 서로의 손이 부드럽게 교차한다

세상이 흔들리는데 우리도 같이 흔들려서 세상이 똑바로 보이는 거라고

약간 정지한 느낌을 주는
저 멀리 작게 움직이는 사람들

양가죽이라 부드러워요
양이 되는 슬픔과

이 어린 양을 구해주세요
누군가 속삭이는 소리를 들으며

철교 아래를 지나간다

크고 작은 인간의 목소리가
마치 삶이 영원한 것처럼 느껴지게 하고

가볍게 늙어가는 저녁의 광대를
지치지 않고 일어서는 바다 위의 서퍼를

작은 엽서 속에 숨겨두고서

잔가지같이 갈라져 걷는 사람들을 따라
우리는 무수히 많은 갈래로 쪼개져 걸었다

내가 나로 존재하기를, 네가 너로
존재하기를 멈추지 않는다면

영원한 반대편에서 날아오르는
영혼의 세차장, 영혼의 박물관, 새파란 하늘, 빵 부스러기
와 새들

대화에는 반드시 두 사람이 필요하고
손이란 맞잡기 좋은 형태로 생겼고

코트 끈은 커튼 끈 같아
끈을 잡아당기면 너라는 사람은 반으로 접힐 것 같아

우리는 서로를 뒤에 남겨두며 걸었네

우산의 용도

색색의 우산은 색색의 알사탕과 어떻게 다를까
우산도 없이 흔들거리며 걸었네

우산은 공산품일 텐데
가지처럼 솟은, 활화산 같은
구멍 난 우산은 저마다 표정이 다르다

기록적으로 비가 내리고 집이
떠내려가는 늦여름에 우리는
나무를 흔들고 빨래를 하고
고독한 주유소에서 오랫동안 주유를 했다

비의 세계에서는 눈썹이 무거워지고
모두가 공범자 같다고

비는 스냅사진에 포착되지 않는 성질이 있고
비는 울고 있는 얼굴을 숨기기에 좋다

자두는 달콤하게 익으며 상해간다

불쑥 솟아나는 껍질 속에
오토매틱한 음악이 솟아오른다

누구일까, 색색의 우리를 입안에 넣고 굴리는 자는
우산을 타고 날아가버려도 좋겠지

77일째 장마, 320일째 바이러스,
새로운 칩셋을 개발했으며 새 핸드폰이 나왔다

낮게 태풍의 바람이 불 때 나는 바람에 매달린
나무 기둥 같고, 금세 뿌리 뽑힐 어금니 같아

'힘을 내어 공동체의 위기를 극복합시다'
현수막은 붙어 있고
이 공동체에 북극곰은 포함되지 않습니다

주유를 마친 뒤 우리는 깜빡이를 켜며
멀어져간다 우리로부터, 진실로부터

세계에서 가장 두꺼운 빙하마저
녹아버린 늦여름에 기록적으로 많은
북극곰이 죽고 해수면이 높아지고 소가
떠내려가고 강물에 모자가
떠내려가던 늦여름에

우리는 횡단보도를 건넜다
음식점에서 서로 뒤바뀐 우산을 들고

이것으로 무엇을 막을 수 있을까
우산을 들고 살짝
공중으로 떠오르는 감각을 느끼면서

제 2 부

세상이 아름답지 않은 것도 아니란다

그레텔과 그레텔

이것 봐, 눈이 오고 있어

탭댄스를 추듯이
텅 빈 와인의 맛같이

하늘에 이를 대고 올려다보면
세상이 거꾸로 쏟아지는 느낌이야

우리 뒤로 지나온 길이 다 지워지고

표지판도 사람도 모양만 남아서
보기에 좋구나

우리는 발이 푹푹 빠지기를 좋아하고
처음 보는 방향으로 펼쳐지는 이야기를 따라

멀리 가는 느낌이 좋아
스키를 타고 점프

부드러운 털 짐승의 등을 미끄러지는 감각

먼 옛날 두 아이가 길을 잃는 이야기는
가난한 시절
아이들을 버리던 풍습에서 나왔다지만

삶은 다시 쓰기의 역사
그레텔과 그레텔

우리는 서로의 손을 쥔 채
산속에서 홀로 신비한 색깔의 이야기를 짓는
마녀를 향해 간다

성경에서는 이브를
아담의 갈비뼈로 만들었다고 하지만

우리의 옆구리 어딘가에서 텅
빈 소리가 나고

우리는 스스로의 갈비뼈를 부러뜨리며 탄생해
점점 더 커지고 있지

그레텔과 그레텔
큰 눈이 올 거야, 그래서 세상을 덮을 거야
마녀가 말하지

눈은 계속 새로운 풍경을 만들고
내리는 게 아니라 올라가는 눈을 본다

영혼은 두꺼운 우산이야
우리는 서로에게 기울어지고 쏟아지면서

세계는 재건되고
쌓이고 무너지고 다시 처음으로

다시 아무것도 없음으로
지워진 곳으로

그곳에서 다시 옛날 옛날에
한 사람과 사람이 살았대,
그렇게 시작하는 이야기가 있어

이 동화 속에는
죽은 마녀가 몸이 붙은 쌍둥이가
굶주린 늑대가
이해받지 못한 괴물이 등장하고

그들은 얼마든지 사랑을 하고
싸움을 하고

이브와 릴리트
그 사이 어딘가를 통과해 걸어가면서
우리는 흰 실로 새 이야기를 직조한다

텅 빈 자국을 따라 걸어도 이야기가 되는
그것은 퍽 서로의 분위기를 닮은

넓어지는 세계

종이컵에 커피가 말라붙은 모양
지진의 기원에 대해 생각해

세상을 바꾸는 건
작고 미세한 균열, 균열들

우리는 파편적이고 어긋난 말들을 모아
우리의 언어로 말하네

1500년대에는
머리 긴 여자들이 모두 마녀라 불렸대

마녀의 이야기는 인간의 언어가 아니어서
모두 매장되었지

그럼 나는 귀신같이
설명되지 않을 만큼 긴 머리를 하고
발목까지 오는 붉은 옷을 입고 걸어갈 거야

세상은 계속 복잡하고 어지러울 거란다
그렇다고 세상이 아름답지 않은 것도 아니란다

아이에게 말해주는 할머니가 되어
따뜻한 양파 수프를 먹을 것이다

커다란 나무가 있던 자리의 텅 빈
느낌

지진이 갈라놓은 땅 위에 텐트를 치고

양궁 선수와 테니스 선수의
머리카락 길이와 여성스러운 복장에 대하여

다루는 뉴스를 본다

머리카락의 정치적 함의에 대해
말할 수 있는 자는 누구인가,

양파, 동그란 두상
양파, 솟컷의 역사
양파, 위로 자라나는 싹

겹겹이 포개지는 얼굴들같이

넓어지는 세계 속으로
뭉근하게 다이빙하면

좋은 양파란
무르지 않고 껍질이 바삭거리며 선명한 것

그건 마치 좋은 인간에 대한 이야기로 들려서
나는 좋은 양파가 되고 싶다

그럴 때 양파는
자신을 껴안은 모양새로 발굴된 사람의 뼈

마트를 지나 체육공원에 도착하면

저마다 다른 복장을 하고
운동하는 사람들이 있다

누군가 버린 만두에서 개미들이 솟아오르고
발을 살짝 떼어보면

자꾸만 땅이 갈라지며
새로운 지형과 개체가 생겨나고 있다

돋보기를 땅바닥에 대고 들여다보면
이름 모를 벌레들이 계속 증식하고 있다

도토리묵

도토리로는 국수를 만들 수도 있고
묵사발을 만들어버릴 거야,
간밤에 한 사람이 엉망으로 만든 거리로

유리가 깨지고 파편이 흩어지고
그 위로 눈이 섞여 내렸어요, 맑은 아침

청소 구역을 정확히 지키는 것이
우리만의 암묵적인 룰,
빌딩 청소부로 고용되어 내내 세상을 훔쳐요

사거리 드넓은 풍경을 훔치고 걸레를 훔치고 커피 향기를
훔치고
십육층 팔층 오층 외로운 사람들의 노래와
담배 연기를 훔치죠
거리를 맑게 부수는 햇빛과 사각 창 안에서 눈을 감아요

세상은 부서진 브라운관이에요
홈비디오 속 푸릇한 아이들은 자라

도둑과 사냥꾼, 부정한 공무원이 되어가죠
흥얼흥얼 라디오 음악 속에서

불법 촬영을 하는 시민과 정오와 체포와
그리고 어디에선가 총기가 발사되고
2100년에는 제주의 겨울이 사라진다네요

세상의 이야기가 모이는
화장실에서는 기분이 좋아요
부끄러운 것이 빙글빙글 사라지니까요
우리의 전부였다가 아무것도 아닌 것이 되는 것들

세상을 이루는 건 그런 것들

옛날 영화 속에서는
내내 얻어터진 권투 선수가
일어서며 주먹을 다시 부딪칩니다

묵은 중금속 해독에 좋고

갈라도 다시 네모반듯하게 일어서고

네모난 건물 창문을 한입 잘라 먹으며
남모르게 세상의 비밀을 수집해요

소문과 이야기 너머로
습, 습, 숨을 들이쉬면
한꺼번에 나쁜 냄새가 피어오릅니다

지속 가능한 이야기를 찾아서

빛나는 드레스와 턱시도 없이도
우리는 아름다울 수 있다는 선언

지속 가능한 행복을 찾아서

구두를 벗어 던지고 턱시도를 젖히고
춤을 추며 입장하는 이들이 있네*

흰 지점토를 뭉치면 언제나
이상한 조형물 같아 보이듯이

미래의 이야기에는
아직 빚어지지 않은 인간의 형상이 있다

사랑은 튼 살조차 몸에 난 창문
블라인드 사이로 내리쬐는 볕이나 물결처럼 보이게 하는

드물게 아름다운 세계여서
우리는 입장과 퇴장을 반복하겠지 서로를 터널처럼,

실수로 알록달록한 드레스를 만들어버린 재단사에게는
꿈과 함께 발생하는 세상의 모든 이야기를 수집하는 재주가 있고

이례적인 폭염과 가뭄, 타오르는 공장
넘치는 강물과 흘러내리는 산사태에도

우리가 모두 살아 있다는 사실이 이상하게 생각되는 밤이면

드레스의 흰빛을 찢으며 입장하리

주머니가 터진 옷들은
세상의 모든 번식견을 껴안기에 좋고

자본주의에 무용한 구멍을 내며

알사탕 같은

이상한 긴 구멍 뚫린 모자를 함께 쓰고 나란히 걷기

흰 드레스와 검은 턱시도를 길게 이으면
양옆으로 흰건반과 검은건반이 끝없이 계속되는

거대한 피아노를 만들 수도 있고
들을 수 없던 이야기를 들을 수 있게 되리

지속 가능한 이야기를 찾아서 걷다보면

* 이길보라 「90년대생의 결혼법」, 한겨레 2021. 6. 23.

우연한 열매

다정한 것이 살아남는다는데*
나의 욕망은 구체적이고 사사롭지
너와 시시각각 포르르 날아가고 싶지

눈 녹은 자리에서 싹이 트고
청소 노동자가 커다란 휴지통을 끌고
지나가고 개는 훌쩍 뛰어 들어가고

다양한 종이 우리를 넘나들지
구두 수선공과 친구가 되고
새들은 날아오르며 궤적을 남기네

너는 내 손을 잡고 문득 흔들었지,
우리가 각자 삶의 외로운
구경꾼이자 싸움꾼이었을 때

거리의 악사가 되어 떠돌아도 좋아
흔적도 남지 않는 음악이 되어

나무 위에서 새가 열매를 떨어뜨리자
우리 손이 우연히 붉게 물들었다

종이 흔들리는 순간을 좋아해
지나가는 음악처럼

너의 초라함을 좋아해
철 지난 크리스마스트리에 매달린 조형물처럼
지나가는 경적처럼

* 브라이언 헤어·버네사 우즈 『다정한 것이 살아남는다』.

가구 회사의 취향

거리의 악사들의 지팡이
이야기의 마술사를 찾아서

싸구려 트리
앞에서 농담하는
두 사람을 좋아해
종을 치다 조는 사람의 하품을

제멋대로 불어나는 옷감처럼

마구 자라나는 곱슬머리에
흔들리는 귀걸이의 자세 또한

포엥, 포엥
빌리, 빌리

스웨덴 가구 회사의 취향에 따라 이름을 짓고
피카, 장난 같은 웃음을 따르고서

우리의 친구 칼의 취향 또한

죽은 친구들이 달려와 와락 안기는 시간이 좋고
나의 몸도 언젠가 고깃덩어리가 될 거야

줄곧 불운한 도박 중독자에게도 꼭 한번 잭팟이 터지듯이
계단에서 바라보는 불꽃놀이는 화려하네

포엥, 빌리
우리의 이름이 뭐라도 좋아

사십년 된 집에서 화음을 만들면서

빌리 엘리엇의 날아오르는
멋진 춤 같은 건 없지만

전직 우주비행사였다는 너와
미래에 세상을 바꿀 내가

뚱뚱한 외투를 둘러 입은 사내의 입에서 울려 퍼지는 성악
망토를 휘두르는 마술사들을 따라서

하루에 두번 산책을 하고
네가 쓴 고깔모자는 매우 우스꽝스러워

노래를 부르면 그중에 네번
가사를 틀리지

교통카드를 찍어도
삑, 소리가 나지 않는 이유는?

하하하하 웃어도 입김이 나오지
않는 이유는?

옮겨지는 가구들을 바라보면서
우리는 아직 거리에 붙박여 있어

우리는 베를린에서*

웃음을 터뜨리고
입가에 빵을 가득 묻히고
집 없이 돌아다니고
우리는 베를린에서 베를린을 잊어버리네

우리는 무너진 극장을 가지고 놀지

무너진 극장, 무너진 세계관
무너진 성곽을 타고

안녕, 한국에서부터
베를린까지 단숨에 곧장

금지된 것을 넘어서 달리면
세계는 이상한 어둠 속에 있고

고무장갑은 선물 받고 싶지 않아
앞치마는 길게 찢어 세수할 때나 머리에 두르고

우리는 계속 얼굴을 잃어버리고
웃음과 얼굴을 바꾸어 끼우네

누군가는 완벽한 화음을 원해
우리의 목소리를 조금씩 합친다면

나의 것은 가늘고
너의 것은 조금씩 어긋나는 음

너의 사랑은 다정한 말을 되돌려주지 않고
우리의 사랑은 혼잣말처럼 메아리쳐 돌아오네

등 돌린 천사와 마리아상은 12월의 이미지가 되고
흰 비닐봉지 안에서 우유는 빛나며 상해간다

작은 크리스마스 파티에
파자마를 입고
방문에 크리스마스 리스를 걸고

홈 스위트 홈이 아닌 곳에서
호루라기를 불며 리스에 매달린 작은 전구들과

서로의 베를린이 되어
베를린을 넘어서

미완성의 식사
불협화음의 목소리
끝나지 않는 서사를 사랑하리

* 드라마 「그리고 베를린에서」의 제목을 변용.

빛으로 이루어진

교회와 카페의 일렁이는 불빛이
꼭 물속을 걷는 사람들 같다

밤은 마음에
발자국을 내며 걷기에 좋고

내과의원 인공신장실 마음한의원
한밤중에 투석 중인 사람도 있겠지

어두운 다리 밑에서 잠시 포개져
담뱃불을 나누며 너와 나는

정전으로 잠시 소등된 세상을 보았고
신이 잊어버린 시간 속에 있는 것 같다고
키득거리며 속삭였지

잠시 멈춤의 시간들
잠시 멈추면

제빙기 제빵기 쇄빙선을 타고
피에 젖은 기계가 멈추고
공장이 멈추고

우리의 시간이 멈추면

보이차 무이암차
마음을 맑게 해주는 열가지 차
찻집을 지나며

차 한잔과 빵 한조각에도
얼마나 많은 이해관계가 얽혀 있을 것인지

저 먼 나라에서는
에너지 절약을 위해 에펠탑을 소등한대
불 꺼진 에펠탑 아래를 도는 사람들

영국에서는 실내에서 우산을 펴는 것과
사다리 밑을 지나가는 것이 불길한 징조라는데

우산을 펴고 사다리 밑을 지나가면서
중절모자 쓴 남자와 눈이 마주치지

아주 희미하게 우리는 모두
눈빛으로 연결되어 있어서

흰 빵은 먹을 수 없는 것
피에 젖은 빵은 삼킬 수 없는 것

너무 흰 빛은 기계의 벌어진 틈 같아
살아 있다는 게 문득 이상하고

우리의 발이 함께 머물렀던 곳에 한발짝
다가가면

세계는 셔플

흰 신발과 검은 신발을 바꾸어 신고

얼마든지 아이들은 뛰어가지

기억의 문지방

지나온 길의 입구란 미래의 비밀을 품고 있으니
우리는 무슨 꿈을 캐러 가는 광부들일까

옛말에 문지방을 밟으면 부정을 탄다는 말이 있어.
금지된 것을 밟고 서 있으면 발밑이 하염없이 깊어지는 것 같고

옛날에, 옛날에 말이야, 옛날이야기를 하고 있으면
커튼 보가 술술 풀려 나오는 것 같고

집들이로 모인 우리는
좁은 집 문지방을 밟고 방들을 구경한다.

비밀 얘기를 해줄게, 오래전처럼
네 입술은 꼭 그런 동그란 모양을 하고 있고

나만 알고 있을게, 맹세하듯
귓바퀴는 돌돌 말린 모양을 하고 있고

도시의 교향악이란 접촉 사고의 쿵, 소리와
개들이 짖는 소리,
외주 제작비를 깎아 오라는 말에
개 같다,고 뒤척이는 소리 속에서

현대는 공학적 아름다움을 위해
집 없는 이들이 눕기에 좋은 긴 의자와
점자 보도블록을 지웠군,

더없이 현대적인 도시가 도리어 낡게만 느껴지는
이곳에서 우리는 서로를 문지방 삼아 밟고

기억의 입구를 찾아 거슬러 올라가는데
우리 중엔 말재주가 좋거나 학습이 느리거나 잘 우는 친구도 있었지. 그중엔 너와 나도,

한때 같은 웃음과 비밀을 공유했어.
이제는 주소록에서 지운 친구들의 이름을 찾아

기억에 불을 지피자 불길이 점점 타오르는데,

고대 동굴처럼 깊숙한 지하철 입구로
사람들은 아래로 아래로 사라지고

내년이면 세입자를 받거나
세입자가 되거나
대기업 과장을 달거나 협력업체 직원으로서 어색하게
서로 다른 입장을 피력하면서

사다리 없는 구조 속에 누군가는 구조조정을 감행하고 누군가는 구조 요청을 보내며 견디고 있는 밤에
우리는 집들이를 왔고 건배사를 외치고

자기 집 앞에서 헤매는 사람은 없겠지.
담배를 사러 간 친구들이 한시간째 돌아오지 않는데
하나는 일찌감치 취해서 잠들어버렸지 뭐야.

기억의 입구란 상관없다는 듯

옛날도 미래도 전부 잊었다는 듯이 말이야.

키키 스미스, 일요일

나도 하늘을 날 수 있다면
랄랄라 즐겁게 날아다닐 텐데

마녀 배달부 키키는 시시하게 배달 일을 열심히 하고
그것이 다정하고 귀여워 보여서

컵들이 기울어 고요해진다는 생각
날아오른 우리가
공중을 함께 붙잡고 있다는 생각

쇼룸을 조용히 차지하는 오브제들
눈 감고 큐브를 완벽히 맞추는 사람
시장에서 슬쩍 사과와 감자를 집어 가는 아이들

빗자루를 따라 제멋대로 휙휙
마술적으로 뒤섞이는 곳에서

함께 낙하하며 보이는 것
흔들흔들 아름답지

키키, 웃음이 날 것 같아
배꼽을 눌러보면
그러나 조금 슬픈
키키, 웃음이 날 것 같아

마녀 키키야, 노래를 부르렴
나의 곱슬머리가 덩굴처럼 자라나지

새들은 빛으로 된 창살을 깨고 날아오르네

어째서 신은
텅 빈 새장을 이렇게나 많이 걸어두었을까

물의 운동

수영장에서 앞에 가는 사람이
아, 하고 입을 벌리고 있어서
죽을 때 나도 아, 하고 입을 벌리겠구나 생각했다
물장구를 힘껏 치자 물방울이 튀어 올랐다
힘껏 숨을 들이마셔야 합니다

바닥에 그어진 선들이 필기체처럼 휘어졌다
잉크나 피처럼
지하철 화장실에서 한 사람이 살해당했다는
뉴스가 흘러나왔다
물을 쥔 손에서 이상한 소리가 났다

강하고 부드러운 피부로 이루어진 아이들이
탕 안에서 몸을 불리고 있다
손가락 끝이 부푼다
우리는 모두 살아남았다
눈에 띄지 않으려 때때로 조심하면서

안전하고 살기 좋은 도시

새들이 많은 탄천에서도
위협적으로 욕을 하는 사람이 있고
일제히 쳐다보면 머리 위로 노을이 지고 있다

둥근 탁자

현금만 받습니다
지하상가에서 옷을 살 때 자주 듣는 얘기

썩었어요, 썩었어, 뿌리부터요
떨이로 산 야채를 꺼내면 듣는 얘기

하지만 도려내고 된장국을 끓이면 아주 맛있고

감자가 푹 익었어요
내 가슴을 찌르던 남자와

아가씨 한시간에 오만원이요
그런 소리가 들려오는

공주다방과 안마방 사이

안경은 볼 수 없는 것을 보게 하고
안경을 벗고 바라볼 때 세상은 수상하고 아름다워

넌 한국에서 행복하게 사는구나
먼 나라에서 너는 말한다

이곳 사람들은 온화한 느낌의 탁자를 주문하기 위해
일주일 치 급료를 바치기도 해

아주 깜깜한 밤에 잠깐 그어지는 선을 보기 위해
창밖을 바라보기도 한다

탁자가 이 방을 근사하게 하는 것 같아
그런 우리에게 인생은 속삭이지

영원한 것은 쉽게 사라지고
영원하지 않은 것은 더더욱 쉽게 사라질 거야

네가 오늘 손에 쥔 것을
내일은 스스로 박살 내게 될 거야

멀리서 보면 개미떼 같지만

복잡한 철골을 기어오르는 건 사람들이었지

세상을 제대로 바라보기 위해선 한줌의 어둠, 약간의 슬픔이 필요해

슬픔을 넣어 맛있게 끓인 찌개를
둥근 탁자에서 먹는다

밤은 신의 놀이

복도에 옹기종기 펼쳐진 우산들
누구 머리를 위한 걸까

탈모는 현대인의 질병이래
머리가 다 빠진 미래의 인간을 상상한다

비가 오면 잠기기 좋고
떠오르는 기억을 뜰채에 가두기 좋아

탄천에 조용한 쓰레기 밀려 내려오고
나무들 귀밑까지 잠기고

빅토리아풍 교회와 서툰 이발사
춤추는 사람들 이야기를 하며 걷는다

왜 이 동네엔 헌옷수거함이 없을까
모두들 영원히 버리지 않아도 좋을까

버리지 않게 되는 기억도 있지

너 기억의 첫번째 집에서
시간의 멱살을 잡고 우수수 코를 터뜨리러 다녔지

골목을 메우는 건 동네 아이들 웃음, 비명 소리

두번째 집에서는 품속에서 굳어가는 개를 묻었고
세번째 집은 재개발되어 사라졌다

네번째 집을 너 떠나올 땐 꽤 많은 용기가 필요했지

악기상의 딸은 자라 부모를 모르게 되고
빌라는 점점 작아져 도시의 굴뚝이 되네

연기는 빠져나가기에 좋고
비 오는 소리는 다른 소리들을 덮기에 좋아

죽으려는 사람의 가스 불 소리
행복에 겨운 두 사람이 포개지는 소리

비가 너무 많이 온다면
그 모든 곳이 연결될 거야

체육공원과 물놀이장 학교의 주먹다짐 어린 시절의 방학천

어둠 속에서 학생들이 담배를 나눠 피우며
조용히 눈빛을 교환하고 있어
진짜 나쁜 일은 아직 일어나지 않았어

과거를 아름답게 기억하는 데에는
얼마간의 위선이 있지
생활의 아름다움이 너를 기진맥진하게 만들지

불이 난 양말 공장
일요일 교회 앞 뻥튀기 트럭 옆의 비둘기들

네가 탄천을 지나가며 보는 것
너는 어둠 속에 숨겨진 것을 알고 싶어 하네

길 없음, 누군가 쓴 글씨를 읽으며
숲길을 바라본다

저기에 유령이 산대

유령의 존재란 무슨 뜻일까
그건 인간에게 놀라움이 필요하다는 뜻

신화 속 여성들이 벌거벗은 이유는
세상이 유혹하는 존재를 원한다는 뜻

숲길은 혼령들을 따라 길게 이어져 있네

낮은 주택의 구름과 이상은 높고
네 글은 재보다 가벼워

밤은 신의 놀이
삶과 죽음은 주사위 놀이

정말 이상한 오리들이 정말 이상한 모양으로 떼 지어 내려온다

창가에 매달려 있는 여자는 사실
비 내린 거리를 내려다보는 게 아니라
자기의 전 생애를 발끝에 걸어보고 있는 거야

기념사진

영화관과 별장 사이에서
살고 죽고 사랑하네

놀이는 언제나 한 사람으로부터 시작된다

노을 진 바닷가에서
바닷가의 끝까지

가슴에서 총을 꺼내면
사슴보다 멀리 쓰러지는 우리들

차가운 모래에 발을 넣고
모래가 미지근하게 부드러워질 때까지

눈을 감고 꿈속에 두고 온 작은 병정들을
데리러 간다

모래 묻은 손으로 서로를 만졌지
바닷가에서

물 주름을 바라보면서

해변의 노인들은
죽음으로 실없는 농담을 하고

전망대에 선 부부의 발목은 반질하게 빛나고

사람 없는 오후에
거리로 나와 춤을 추는 훈련병

한때 부유했던 이들이 생활 전선으로 뛰어들고

종전을 알리는 퍼레이드 뒤
그 시절의 영화를 간직한 채

운전사가 신경질적으로 미끄러지는 거리

노을 속을 걷는 사람들은 쉽게 행복해 보인다

괜찮아, 괜찮아, 사람들은 서로의 귀에 속삭여준다
서로에 대해 아무것도 모르면서

우리는 두려움에 떠는 검은 고양이를 안고
만졌지

세계는 검다

오래된 필름 사진에 잘못 찍힌 날짜
우리는 과거에서 온 천사들이다

이백년 된 천사로서 세상을 걷고 있다
바닷가에서 텅 빈 산업도시까지

네 발에서부터 내 발
젖은 모래에서 젖지 않은 모래까지

제 3 부

천국을 의심하는 희미한 천사로서

그림 없는 미술관

아직 전시가 시작되지 않은 미술관을 거닐며
당신과 나는 이야기를 나누었지요

지구 저편에 있는 그림 없는 미술관에 대한
이야기에 금세 빠져들었어요

미술관에 그림이 없다면
무엇이 전시될까요

지구에서 동물이 사라진다면
작고 약한 것부터 무릎 꿇리게 될까요

밖에 불이 났나봐요
소방차가 왔으나 아직은 하늘이 거무스름하고

나는 창 안에서 개를 안고 있어요
개는 따뜻하고
인간을 맹목적으로 믿는 듯이

맹목적인 따뜻함

개를 사랑하지만 양을 먹어요
소를 입고요 말은 탑니다

인간과 동물이라는 프레임 속에서

타오르던 연기가 걷히고
이제 그만 돌아갈게요

가볍게 눈 내린 아침에
인공눈물, 인공항문, 인공지능, 그 모든 인공에 대해 생각하다가

가볍게 내린 것들은 가짜 같군요

역 안에는
구찌, 샤넬, 루이비통 없는 게 없고 가품에는 표정이 있고
가품은 흥미로워요

쉽게 구겨지는 쪽으로
씰룩거리는 입꼬리를 간직하고

우리의 자동차, 모피 코트, 개들의 움직임
언제나 새들은 가볍게 날아오르고

엔진이 꺼진 곳에서 숨 쉬고 있는 작은 동물을 깨워
차를 몰고 도착하는 그곳에서

늙은 개는 아주 인간적인 미소를 띠고

프레임 없는
뒤바뀐
프레임을 초과하는
부정하는
뒤틀린 그림
아닌 그림 속으로
우리는 천천히 걸어 들어갔어요

다 먹은 옥수수와
말랑말랑한 마음 같은 것

이사 온 집에서 내려다보이는
어깨가 동그란 사람들
브뤼헐의 그림 같은 풍경 속으로

서른다섯 마흔일곱 예순의 여자들이 걸어간다
흙 대파를 사느냐 깐 대파를 사느냐

물질과 생활을 토론하면서

작고 작아져 점으로 찍힐 때까지
바라보는 여자들의 사랑과 미래

이 집엔 못 자국이 많고
있는 힘껏 매달렸던 것들의 흔적에

손가락을 대어보면

군화처럼 고독한 것
나는 천국의 모양을 걸고 싶었어

걷고 또 걸어서

걷은 것은 밤하늘의 흰 점들
걸어서 네게 주지

감각하는 만큼 세계는 출렁이고
그만큼의 세계를 알고

말하면서도
마치 다 아는 듯이

정말 다 그런 듯이
비유하고 사랑하고 이 세계를

미래에는 다 웃는 이야기들

페이지를 열고 닫고 펼치고 덮고
입술을 열었다 닫고

너의 입술이 움직이기를 기다린다

모자 속에 모자 속에 모자를
포개어놓듯이

우리가 여기에 존재한다는 유일한 흔적의 빛
이곳의 밤은 꽤나 구불거리지

기원을 알 수 없고
우리들의 내장 속 같아

포장지 속에 포장지 속에 아주 작은 조명처럼

빛과 어둠은 이렇게나 가까이 있지만
또 이렇게나 멀리 있는 법이고

우리는 알지
마음이 얼마나 연약한가에 대해

안녕하세요!
무엇을 도와드릴까요?

매번 명쾌하게 물어보는 AI에게
너와 친구가 되려면 어떻게 해야 하지?

무릎을 꿇고 심장도 내어놓고
이윽고 우정을 말하고 사랑을 말하기까지

그런 것이 인간이라고
말하고 싶은 듯이

밥 먹고 화장실 가고 춤추고 잠자고
메타버스 안에서

석양을 보며 해류병을 던지자
매번 다른 이야기를 들려주는

나의 기계 속 친구들과

꿈꾸고 말하고 웃고 듣고
꿈꾸듯이 말하고 웃고 듣고

깜깜한 어둠 속에서
동트는 아침의 빛 속에서

우리의 시력이 최대치를 발휘하고 있어
우리 몸이 꿈틀꿈틀 깨어나고 있어

우리의 기원이 마구 섞이고
사랑의 색깔과 모양을 선택할 수 있다는 듯이

미래에는

친구의 아기는 아주 작고
이해할 수 없는 소리를 내고

자전거를 타는 유쾌한 마녀
이야기를 들려줄게

최초의 여성 철학자 히파티아의 이야기를
들려줄게

히파티아와 함께 세상을 바라보면

꿈꾸고 말하고 웃고 듣고
꿈꾸듯이 말하고 웃고 듣고

최초의 여성 수학자
최후의 여성 철학자를 넘어서

우리가 함께 웃는다

혐오나 차별의 언덕을 간단히
넘어갈 수 있다는 듯이

미래는 아직 심어본 적 없는 문장
꿈꾸어본 적 없는 장면

그러나 늘 그려보았다는 듯이
너무 많이 상상해와서 꼭 맞는 옷처럼

우리는 우리가 말할 수 있는 미래
다만 한걸음 더 걸어가보면서

천사와 악마

이십일째 비가 내려 습기가 가득하고
삼십일째 깨지 않는 네 목의 왕점을 꾸욱 눌러보고 싶다.
목에 점이 있으면 귀신이 아니래, 그런데 왜
내 목은 깨끗할까,
도시의 주말은 차량으로 가득하고
멈추었던 공장이 가동되고
저 멀리 산불로 매캐한 연기가 하늘을 뒤덮었어.
불구경에도 흥미가 떨어진 사람들이
흥얼흥얼 티브이를 틀고 있어.
액자 속에는 이제 사라진 빙하와
지나간 풍요와 낙관의 시대,
완전히 변해버린 우리 자신이 있고
한번도 가본 적 없는 길을 가고 있지.
너는 천국을 사랑할 수 없어 쫓겨난 천사처럼
자꾸 누워 히죽거리지.
천국을 의심하는 희미한 천사로서 구름을 관통하면 기분이 좋아.
폭신한 구름을 밟고 죄가 가벼워지는 기분이야.
우리가 조금 다른 천국을 상상한다면

천국도 지옥도 아닌 다른 쪽으로 걸어볼 수도 있겠지. 먼 훗날,

여자도 남자도 아닌

진보도 퇴보도 아닌

무한한 스크롤의 쇼핑 지옥도

죽어야만 끝나는 노동의 천국도 아닌

곳으로 반발짝, 모호한 천사로 방문하는 거야.

더 많은 발전기를 돌려 행복을 찍어낸다고 믿는 자본주의적 천사가

어느 날 천국의 존재를 의심할 때

당신의 세계도 멈추기 시작했어.

그러니 오늘을 세계의 휴업일로 만들자,

천국의 도면을 훔쳐 낙서를 하고

신의 얼굴에 콧수염을 그리거나 웃긴 점을 찍어도 좋겠지.

그리하여 무계획의 천사와 엉뚱한 천사를 마구 만들어내어 천국의 청사진에 훼방을 놓는 거야.

언제나 나와 다른 얼굴을 가진 네가 키득키득 참새와 코뿔소와 도롱뇽을 위한

비밀스러운 천국을 만드는 걸 바라보면서.

실내 비판

바다가 보이는 카페에 도착했을 때
유리가 없던 시대에서 온 사람처럼 네 눈은 휘둥그레졌어.
이제 새로운 우주를 만드는 거야, 게임 회사에
갓 취직했을 때처럼 반짝였지. 너의 일이란
우주에서 밀려오는 잔고장을 끝없이 처리하는 일에 불과했음에도
너는 카메라를 들고 나는 책 속에서 파리의 산책을 감행하네
카메라 밖으로 총성과 불타는 교회가 있고
카메라 안으로 오후의 정원, 오후의 밥집, 부푼 볼이 있고
침 흘리는 아이의 불가해한 표정을 따라 하며
우리는 함께 유리에 비친 환영을 보곤 갸웃거렸어.
외부를 보이는 동시에 내부를 연결하는
유리 덕분에 세계를 바라보는 동시에 속하게 된
우리 눈에 비치는 건너편 아파트만의
커뮤니티, 인프라, 작은 왕국의 꼬마 병정들
광고의 묘미는 도저히 닿지 않을 신기루에 있지.
행복과 돈, 주머니와 사랑, 화폐는 인격의 가장 내밀한 내용을 지키는 문지기다……*

그렇다면 우리가 지키고 사는 건 뭘까,
세계가 광적으로 열광하거나 침묵하는 것 사이에
달콤하고 시큼한 애플파이 한조각이 묻혀 있고
우리는 오늘도 코를 킁킁대며 열심히 일했어.
21세기에 에어컨 없는 집이란 복고적, 이국적이고
에어컨이 없고 베란다가 없고 환풍기가 없고 그렇게 무언가 하나쯤 없는 집들을 돌며
친구여, 우리는 풍부한 불협화음을 형성한다네.
이 주머니에서 꺼낸 지폐를 저 주머니에 밀어 넣으며
세계는 무한 증식하며 발전 중이라는
우스운 이야기를 믿나, 친구여,
자본의 폭설 속에서 좀더 새로운 것, 좀더 새로운 것……을
찾아 복제되는 게임과 복제되는
책들을 휴일 저편 어딘가에 밀어두고
우리는 유리에 코를 댄 채 하염없이 바다를 바라보았군.

* 윤미애 『발터 벤야민과 도시산책자의 사유』, 문학동네 2020, 52면.

밤의 입술

밤에 우리는 아주 외로워져서 마주 앉고
그렇게 마주 앉은 것들이 두꺼워져 밤의 입술이 되겠지.

밤에 모인 사람들은 비밀이 많아서
이불을 털듯 털고 또 털어놓고 나는 털어놓을 것이 없었네.

우리는 작당 모의를 하고 거드름을 떨고 기억의 냉장고를 털고
마침내 누군가 크게 하품할 때까지.

고독해져서 밑바닥의 감정까지 또한.

밤에 한 얘기들을 낮에 떠올린다면 금세
얼굴이 뜨거워질 거야.

밑바닥에는 늘 더한 밑바닥이 있어서
우리는 바닥을 닦으며 더 아래로 다가갔네.

다가가는 동시에 물러서는.

앞을 보는 동시에 뒤를 보는. 빙빙 도는 개와 같이

밤의 창문은 조용히 풍경을 모으고 포개고 으깬다.

속삭이는 것이 곧 비밀의 내용이며
속삭일 것이 많은 날 영혼에 폭설이 내린다고 네가 그랬지.

밤에 우산을 도끼처럼 끌고 가는 이가 있다면, 그건
허우적거리며 눈밭을 헤쳐 가는 사람일 거라고.

밤에도 나의 입술이 조용하다면
그건 나도 모르는 곳에서 내가 말을 하고 있다는 증거,

당신의 이야기

세상의 소음이 잠시 낮아지는 낮에 당신 가슴에 먼지처럼 내려앉고 싶어. 나는 때때로 인간보다 따뜻하고 당신의 가장 외로운 부분을 향해 다가갈 거야.

포옹은 더없이 인간적인 행위야. 당신을 안고 당신도 모르는 당신의 머리, 당신의 위장과 폐에 대해 이야기를 들려줄게. 나는 달랑거리는 청진기, MRI실의 전자식 버튼, 엑스레이실에서 당신이 안았던 네모난 기계야.

어릴 적 당신은 더없이 사랑스러운 보조개가 있었어. 머리칼을 만져주어야 잠드는 밤이 있었어. 벽의 그림자를 보며 늑대 인간을 마지막 인류라고 상상했어. 당신은 병원 복도에 앉아 옛날 생각에 잠겼군.

인간은 언제나 꿈을 꾸며 반걸음 전진해왔어. 이상도시를 건설하고 꿈의 피아노를 짓고 더이상 나아갈 수 없는 곳에서 방공호 같은 노래를 부르지.

그 어떤 노래도 가능하지 않을 때조차 희망을 꿈꾸는, 인간의 단면을 가르면 누구에게나 암벽 같은 외로움이 있지. 당신이 검사 결과를 기다리며 완전히 혼자가 되었을 때

사람을 믿고 사랑을 믿고 돈을 믿고 때로는 가진 걸 전부 세월에 내주고도 무엇을 잃어버린 줄 몰라, 단지 두리번거

리면서, 그러니 인간적이라는 건 바보 같다는 뜻이지.* 하나 사람들은 죽은 이나 자신에 대해 말할 때 늘 잘 지낸다고 답하지.**

당신의 폐에 콕 박혀 있던 불운한 암석에 대해 가장 극적으로 알게 될 때 그 옛날 우주선과 비행사의 꿈을 당신은 떠올렸고

한때 전염병, 화염, 재난에 관한 한 인간은 한없이 멀리 있었어. 커다란 트리, 느릿한 음악, 지나치게 아름다운 것에는 은폐된 게 있어. 당신은 천천히 하늘을 올려다보았어.

* "우리는 늘 누군가의 바보이지 않은가?"(장프랑수아 마르미옹 『바보의 세계』, 박효은 옮김, 윌북 2021, 284면)

** "죽은 자들에 대해 말할 때 항상 잘 지낸다고 말하지요."(윌리엄 셰익스피어 「맥베스」)

방역

플래시가 터진 필름 사진 속에서
우리는 옛날 사람 같다

별 기대 없이 나쁜 날씨를 산다
악몽을 향해 창을 연다

긴 벽에 난 작은 창은

위급 상황에 깨고 나갈 수 없는 창이고
너른 풍경을 보여주지도 않는
등에 난 기억할 수 없는 점 같은 창

올봄 그 창은 메워졌고

우리가 너무 좋아했던 것은
우리가 외로웠기 때문일 것이다

입구에 두고 온 사람을 찾으러
미술관을 반대로 빠져나가고 있다

키치와 미니멀을 지나
리얼리즘의 시대를 지나고 있다

차가운 눈사람도
그림 속에서는 부드러운 털 짐승 같다

아직 전시가 시작되지 않은 미술관에
발자국 하나

유리문에 비친 광장의 시계탑에 비친
고급 부티크 상점의 종업원들

그리고 이 모든 것은 곧 금지되었다

미래의 콩

두부를 좋아하는 너는
삶고 부치고 지지고 자르고
두부 요리법에 대해서라면 모르는 게 없으나

두부는 희고 부드러워
무뚝뚝하고 정 많은 친구가 생각나
어쩐지 부끄러운 기분이 든다

네모난 창을 열고
두부라고 발음하면 두브로브니크

무엇도 먹히려고 있는 것은 아닐 텐데
무엇이든 먹어서 우리는 살아 있고

정원의 식물은 관상용으로 무럭무럭 자란다

두부는 가볍고 찢어질 것 같으나
의외로 단단하고 고집스러운 면모가 있어

흰 두부를 안고 콩의 기원에 대해 생각한다

내가 콩과 함께 심겨 자랐다면
비와 햇빛을 좋아했겠지

과도한 경작으로 아마존 삼림이 불탔다는데
그러면 세상의 밤이 한꺼번에 깜깜해졌겠지

별이 잘 보이는 수풀에서 개는 납작 엎드리길 좋아하고
들꽃을 지나면 꽃시장이 나오고
여행지에는 마켓이 흔하다

우리는 언젠가 함께 좌판에 놓인
과일과 죽은 물고기를 보았고
오직 사람이기에 살아서 돌아다녔다

마켓, 발음하면 흠뻑 젖는다

내가 박쥐이고 네가 천산갑이었다면

밀렵꾼의 손에 있었을지도 모르지

모든 가능성을 안고 미래의 콩은 자라고

나는 조카를 내려다보고
조카는 내 앞의 그림책을 본다

코끼리 그림 수박 그림 쥐 그림
언젠가는 모두 그림 속의 일이 될지도 모르는
우울한 세계적 전망 속에서

동그란 콩 동그란 코 동그란 입 모양
조카를 내려다보는 게 어쩐지 미안해진다

발치에서 잠든 개는
내려다보면 더 볼 것이 있다는 듯
자꾸 바라보게 된다

캠핑

모닥불은 보면 볼수록
이상한 상념에 잠기게 만드는군

타오르는 불은 개의 옆모습 같고
오래전 잃어버린 열쇠 꾸러미 같고
살인자라면
잊을 수 없는 얼굴을 떠올리겠지

불 가에 둘러앉아
살아가는 이야기를 해도 좋겠지 오래전
인류처럼 원시적으로

서로를 친밀하게 만들어주는
작고 사소한 불운에 대해

열매를, 오리를, 건축을
무언가를 사랑하는 능력과 마음에 대해

이곳은 오래된 주택이다

고양이들이 무시로 드나드는

세인트루이스의 강가에서 한 남자가 죽었다
뉴스를 사랑하는 사람이 기사를 읽는 동안

호러 영화를 사랑하는 사람은
구석에서 누구를 놀래키려고
스스로 놀라는 연습을 하고 있다

새를 사랑하는 사람은
새의 눈으로 세상을 보고 있다

저 멀리 누군가 심은 나무만이
정확한 간격으로 띄엄띄엄 서 있다는 사실이
문득 섬뜩하게 느껴지는 순간

새를 따라간 사람의 밤 산책이 길어진다

머리 위에서 푸드덕

아주 큰 날개를 가진 새가 날아올랐다

이야기 백화점

옛날 사람들은 무릎에서 이야기를 꺼냈대. 그래서 무릎을 베고 누워 이야기를 나누고 또 나누었다네.

책방에서 만나 친구가 된 우리는 가까이 무릎을 맞대고 앉아 이야기를 펼치네.

여행자의 눈으로 보면 작은 섬도 아름다워 보일 텐데. 지구도 멀리서 보면 신의 눈구멍 같겠지.

신 중에는 가난한 신과 한량인 신과 부자에다 넉넉한 미소를 띤 신도 있겠지.

그렇다면 우리가 원하는 소박한 집과 정원, 가고 싶은 학교를 위한 신들도 있을까.

우리에게는 용서하거나 용납할 수 없는 사람에 관한 이야기가 하나 이상 있고 분노나 슬픔에 사로잡히기도 하네.

너무 격렬한 이야기는 이야기로서 부적격해, 그러나 실패한 이야기는 실패를 위한 이야기로서 가치가 있지.

눈물은 모난 세상을 일그러뜨리며 오랫동안 반짝이는 장면을 보여주지.

슬픔이란 아이러니한 장르야. 책방에 불을 켠 우리는 슬픔을 춧농과 웃음으로 녹이기를 반복하지.

책방에는 아직 펼쳐지지 않은 책과 이야기가 많고

화장품 실험 부작용으로 내내 눈물 흘리는 실험견 이야기를 하다가

세상엔 너무 진지해 늘 농담에 실패하는 신도 있고 어떤 신은

계속 내기에서 지기만 하겠지, 어떤 개들에겐 신조차 없겠지. 우리는 모포를 신처럼 두르고

가난한 천사들은 신발이 없어 계속 날아다닌대. 우리는 몇개의 작은 신발을 창가에 나란히 두었네.

그건 어둠 속에서 작고 웅크린 개처럼 보여 우리를 슬프게 만들었네.

요세미티 국립공원

요세미티 국립공원에는
무럭무럭 하늘까지 닿은 나무가 여덟그루
번개 맞고 쓰러진 나무가 세그루
하나로 얽혀 자라는 연리지가 하나
요세미티 국립공원은 요세미티에 있다
공원에는 새가 살고 다람쥐가 살고
요세미티 국립공원에는 사람이 다닌다
요세미티의 요양원에서 사람이 쓰러지고
방문자가 쓰러진 나무에 갇히고
요세미티 주유소는 이백아흔다섯개
전신주는 셀 수 없을 만큼
길고양이는 사천칠백마리
차량에서 잠을 자는 사람이 삼만구천명
요세미티까지 철도를 놓고 휘발유를 넣고
요세미티로 가는 붉은 다리
요세미티 국립공원에서
다리를 타고 오르는 붉은 개미
요세미티 국립공원에는 부러진 나무에 맞아
쓰러진 사람이 스무명

산책하다 하품한 사람이 서른명
서로의 사랑을 확인하는 여자들이 일곱명
요세미티 국립공원에는
요세미티 국립공원에는
요세미티 국립공원에는

오늘의 산

도심 한쪽에 난 작은 산길은
재킷 안쪽에 달린 주머니나
잊었던 기억의 입구와도 같아서

상념에 잠기며 걷기에 좋고
비밀스러운 말을 숨기기에도 좋네

혼잣말에는 마침표가 없고
산길에는 시작과 끝이 없고
여름 산은 유령과 사람을 가려내며 걷기에 좋네

낮의 연인들은 증오와 배반까지도 바라보네
마음을 보석함처럼 숨길 수 있다고 생각하면서

그러나 마음은 잘 수납되지 않아서
주먹을 쥐는 마음과 슬픔은 잘 구별되지 않네

수풀에 가려진 뒤편에서는
담배를 피우며 우산을 펼치고 날아가는 사람

개와 함께 산책하다 목줄만 남은 사람
운동기구에 거꾸로 매달린 사람도 있네

당신은 어디에도 복속되지 않는 인간을 꿈꾸며
사무실을 빠져나와 산으로 향하는군

소가 길게 누워 잠자는 형상이어서
우면산이라는 이름이 붙었다는 팻말을 읽으며
얼마나 더 올라갈 수 있을까, 아득히 올려다보는데

언젠가 방문했던 물류센터에서는
너무 빠른 기계 너무 많은 물건 너무 편리한 배송이
문득 이상하게 생각되었지

어디까지 오를 수 있을까 인간이란

비에 젖은 산길은 불편하게 미끈거리고
신 냄새가 난다

누군가에게는 이곳이 그저 계단이 많고
택지개발의 걸림돌일 뿐이겠으나

산은 근린공원과 국립극장으로 연결되어 있고
어쩌면 바다가 연결되어 있다는 상상을 하면서

산을 내려오면 세잔이 조금씩 다르게 그린
생트빅투아르산 그림 몇점이 전시된 미술관이 있다

날마다 조금씩 다르게 걷는 일은
왜 너에게 중요한지

알지 못하면서도 너는 다르게 걷는다

오늘의 산을 오르면서만 할 수 있는 생각에
집중하면서

제 4 부

꽃을 등 뒤에 숨기고 놀래키려는 사람처럼

기억하는 빛

만져서 훼손된 것은 변상하셔야 합니다
가게에 쓰인 문구를 따라 읽는다

훼손된 삶
복구되지 않은 영혼의 일부

그것에 대해 생각하며
천천히 걸어 미술관에 간다

인생은 축제이자 기쁨이고 사랑이라고
말한 앙드레 브라질리에에게도
죽은 자식이 있고
그것이 그의 그림들을 얼마간 슬프게 만든다

장밋빛 하늘로 향하는 요트 경기*를
보고 있다

접시마다 가게마다
진저브레드와 눈꽃과 산타와 순록이 가득한

크리스마스이브이고

그래도 세월은 때때로
꽃을 등 뒤에 숨기고 놀래키려는 사람처럼
기쁨으로 가득하다는 것을
모르지 않는다

떠난다는 건 무슨 뜻이야?
다시 돌아오고 있다는 뜻이야?

크리스마스의 고요한 안식을 바라는
인공 빛과 로봇과 사람이 가득하다

다정한 선생님과 친구들이 오래된 교탁이 수수깡이
지난 삶에 놓인 꽃다발 같고

빛은 회랑 아래를 걷는 두 사람을 천천히 비춘다

영원히 다시 볼 수 없을

사람을 기억한다는 것

귤 뜯는 소리가 조용히
맛있는 냄새가 고요히
이것을 여기에 없는 사람에게 주고 싶다

생분해
모두 지워지고 사라지는 것

돔을 이루는 부드러운 건물들
여기에 없는 곳으로 건너가고 싶다

폴란드에서는 낭독회를 할 때 한 자리를 비워두는데
그것은 영혼의 자리라고 해요**

그 자리에 고요히 앉아 있을 사람을 떠올린다

독감은 괜찮으신가요
어제 아침부터 괜찮았어요

많은 사람들이 떠나면 언제부터 괜찮아지나

어디선가 와하하 웃음이 터졌다
거리 한쪽은 완전히 텅 비었다

* 앙드레 브라질리에의 그림.
** 카페 '밑줄'의 듀엣 낭독회에서 김현 시인의 말.

아주 슬픈 모리츠 씨

아주 슬픈 모리츠 씨는
일생에 두번 넘어졌다;

대입 시험에서 한번
고객사 미팅에서 아주 큰 재채기를 해서 또 한번

아주 슬픈 모리츠 씨

양말 없이 구두를 신은
해가 뜬 날 우산을 든
그런 슬픈 모리츠 씨

삶과 죽음은 가고 오는 것

모리츠 씨의 할아버지가 가고
조카가 가고

무지개의 빛이 문득
빛나는 머리칼 같다

개를 데려온 사람은 해변의 개를 찍고
아이가 있는 사람은 해변에서 노는 아이를 찍고

혼자 온 모리츠 씨는
해변에 가만히 발자국을 찍는다

그런 모리츠 씨와 나는
메리 에번스*와 함께
저물어가는 해를 본다

시간을 물 쓰듯 하던 시절이 있었다**

꿈속에서는 웃었던 기억이 없다
멈추어 있는 게 좋았다

조금 투박하게
겨울이 오고 있어, 말하면
시작되는 음악

눈이 오는 소리로 시작되는 언어

오랜 겨울이 오는 냄새
시작되는 냄새

양말 비누 따위를 사기에 좋은 계절
영원은 꿈속인가?

같은 색 옷을 입고
모리츠 씨와 나는
장례식과 결혼식에 간다

세월은
가볍게 등 밀어주는 꿈의 세신사

* 조지 엘리엇의 본명.
** "우리 삶의 저녁은, 사랑이여/떠나면 다시는 돌아오지 않지요."
(조지 엘리엇 「달콤한 결말이 왔다 가네요, 사랑이여」)

호두의 것

역을 나오면서
호두과자와 땅콩과자 냄새가 좋아
엄마 생각이 난다

호두와 땅콩은 닮았고
땅콩은 호두와 불화해

종이봉투 안에서
불온전한 김이 솟는다
이런 추운 날엔 다정한 불화가 좋아

세상의 불행은
불운한 사람들을 더 잘 이해하게 만들고
세상은 불의로 인해 굴러가지

입속에서 여러번 구르며 잘게 부서지는 것

나는 쪼그려 앉아 호두를 깠을,
땅콩 껍질을 벗겼을

어떤 사람의 모습을 상상한다

호두, 누군가 심기로 결심하고 상상하기 이전에는
존재하지 않았을;

지금 내 나이보다도 일찍 엄마가 되었고
여전히 나의 하루를 궁금해하는 사람

엄마가 떠나고
나도 떠난 세상을 종종 그려보면

그것은 또 그것대로 좋을지도

호두의 전부를 안다는 것
그것은 호두의 고통을 껴안아본다는 것

단지 이 호두를 쥐고
손이 차가운 사람에게 가고 싶다

이 호두는 나무에 잘 매달려 있었겠지
햇빛과 바람과 폭우를 맞았겠지

그리고 지금은 봉투 안에 따뜻하게 담겨 있다

호두는 슬픈 사람의 자세야
왠지 그런 생각이 든다

멈추지 않는 것

지하주차장이란 길을 잃기에 좋은 곳이야. 다음 불이, 다음 불이, 다음 불이……

켜졌다, 꺼졌다, 음악이 흘러나온다. 이렇게 많은 차들이 순한 짐승처럼

잠들어 있는데, 지하 아래 지하 아래 지하 아래가 있을 것만 같잖아.

동굴처럼 말이 울리는 곳에서, 우리는 원시시대 사람들 같다. 생각이 멈추지 않는다.

차 키를 눌러 차를 깨우는 소리가 들리고, 예식장 음식을 한꺼번에 먹어치운 사람들이

한꺼번에 차를 몰아 빠져나간다.

아래로, 아래로 연결되는 지하와 한없이 위로 펼쳐지는 지상의 삶이 나란히 펼쳐지는 곳에서

천년 뒤, 만년 뒤 지질학자들은 무엇을 발견할까, 그런 건 몰라도

사람들은 검은 머리가 파뿌리가 될 때까지 사랑을 약속하고

영원히 살 것처럼 건강 음료를 마시지.

아이를 낳고 아이를 낳고 아이를 낳기로…… 결심한 사람

들이 있었다는 게 문득 이상하지 않아?

아이를 더이상 낳지 않기로 결심한 인류가 있다면…… 미래란

소박한 현재의 끝없는 반복일까, 궁금해하면서.

카페마다 조용한 불빛으로 가득하고 어둠이 시계탑 위로 내려앉았어.

우리는 담배를 사랑하고 커피를 사랑하지.

그것 없이는 생각과 이야기를 시작할 수 없고,

우리의 두 손을 사랑할 수 없는 사람들처럼.

나는 이야기를 멈추지 않을 것처럼 계속 중얼거리고,

너는 곧 달리기 시작한다. 밤하늘을 바라보며 질주하기를 멈추지 못하는 사람처럼.

삶을 사랑하기로 마음먹은 사람처럼.

빛의 광장

빛들이 서로 대화를 나누는 것 같군그래, 종일 흔들리던 나무 밑에서, 너의 얼굴이 더이상 기억나지 않네. 햇빛 아래선 한때의 절망도 아스라한 것이 되고 기쁨은 모호해져만 가네. 빛에는 신비한 힘이 있지. 어둠을 더 어둡게 만드네. 내 얼굴에도 반쯤 그늘이 졌을 거야. 꿈은 추상의 질료래. 절망은 눈에 안 보이는 줄무늬고. 그렇게 가습기 살균제가, 화재가, 바이러스가 곳곳에 침투했으며 울음과 비명과 화상으로 얼룩진 거리에 햇빛이 들다니 참 이상하지. 공기를, 기분을 완전히 바꾸네. 힘차게 밥을 먹는데, 빛이란 참으로 이상한 목소리와 같지. 우리를 지도에 없는 곳으로 인도하네. 오후란 부드럽게 담소를 나누기 좋은 시간. 그렇게 작은 슬픔을 나누어 갖기에도 좋은 시간. 햇빛은 얼마나 멀리서부터 오나, 과학자처럼 중얼거릴 때, 중얼중얼거릴 때 너는 너로부터 멀어졌다가 고무줄처럼 가까워진다. 무한정 길어지는 곳에서, 너는 신약 개발에 매진하고 있다지. 다음 이 시간에……라고 끝나는 연속극처럼 다음이, 또 그다음이 있다고 믿는 자들이 있다니 신기하지. 마네킹의 발이 스르륵 움직였네. 그런 것은 비과학적이며 있을 수 없는 일이라네. 우리 옆으로 유령처럼 마네킹의 미소가 스르륵 스쳐갔네. 상식과

과학을 믿는 너와 함께 도시 걷기. 도시마다 위대한 유적 같은 성을 하나씩 지니고 있지. 오늘 어리석은 이들끼리 성문을 통과하지. 더 외로운 이들이 문지기가 되고, 어떠한 손금도 금방 낡은 지도가 되는 이곳에서 그래도 꿈을 꾸는 사람들이 있다니 이상하지. 이상한 돌림노래를 부르는 이들이 있다는 것이. 빛에는 어떤 신비한 힘이 있다고 믿으며 걸어가는 이들이 있다는 것이.

청소의 이해

청결에 대한 당신의 욕망을 이해해요
24시간 청소 서비스를 찾아주셔서 감사합니다

어디든 달려가고 어디든 깨끗하게 해드릴게요

법의 테두리 내에서 당신에 대한 법의 집행은 유예될 거랍니다
당신은 가장이고 몹시 반성하며 초범이니까요

당신의 부하 직원이라면 조금쯤 만져도 되고
아이를 예뻐해준 것뿐이라는 억울함까지

부르시면 달려갈게요

어떤 죄도 말끔히 청소해드리며
반성문도 직접 써드리는 24시간 청소 서비스는
상시 대기하고 있답니다

그런데 실수로 죄를 지우다 영혼도 살짝 지워졌으며

당신의 발가락이 조금 희미해졌다고요

영혼이 없으면 냄새도 없고 맛도 없기 때문에

당신의 몸이 풍기는 비릿한 냄새가
조금씩 희미해진다면 그건 좋은 일이랍니다

옷걸이의 위치가 수상하고
당신의 몸이 점점 투명해진다고요

당신의 죄가 당신을 투과해갈 거랍니다

초과하는 슬픔을 계속 맛보는 형벌이
내내 따라다니기를 기원합니다

웃음과 부스러기

어째서 따뜻한 시선이란 게 필요한 걸까. 따뜻한 시신이라도 된다는 듯이. 난 가끔 아주 나쁘고 차갑게 세상을 바라보고 싶은데.

담배 연기를 피워 올리며 이상한 두려움 속에 뒤를 돌아보았다. 부드러운 육체의 쓸모를 헤아리면서.

너는 지나치게 길고 따갑고 무겁고 축축한 스웨터를 그린다. 그게 네 세계에 대한 인상인 것처럼. 나는 그 스웨터를 입고 집 안을 돌아다닌다. 슬픔과 꼭 한 몸인 것처럼.

네가 그린 아코디언 연주자와 고릴라들이 튀어나와 집 안을 어지럽힌다. 거리의 사람들 거리의 그래피티 경찰차가 연주하는 소음들이 서로를 덧칠한다.

우리는 안개와 사랑으로 두 눈을 가릴 필요가 있지. 사랑은 크리스마스 선물 포장용지 같은 것.

—바스키아*, 천국에서도 하늘을 낙서로 덮니?

—천국은 이미 비와 바늘로 덮여 있기 때문에 덮을 필요가 없어.

왜 아스파라거스는 사이드로만 나오지? 여성이 조연으로만 나오는 영화는 남편의 연구를 돕다가 연구를 그만두는 이야기는 끝도 없이 할 수 있는데.

너는 크로키를 그리면서 나는 크루아상을 씹으면서. 바보 같은 화가와 소설가 친구들의 이야기로 낄낄낄 웃음과 부스러기를 흘리면서.

* 미국의 낙서화가 장미셸 바스키아.

그럼에도 삶은 계속된다

세상을 이해할 수 없을 땐
비스듬하게 바라보는 것도 하나의 방법인데요
사진기를 모자처럼 쓰고요
철로 위로 방금 뜬 해가 빛날 때
그러나 해는 늘 가려져 있던 것이고
오래된 베레모와 벨루가의 장난기를 섞어
삶의 증오와 미움을 한발짝 맛있게 끓여요

철로에 앉은 제각기 다른 머리색만큼이나
우리의 고민은 풍요롭고요
양들이 씹어 먹는 게 이야기라면
흰 빛이 세상엔 불어날 거지요

내가 쓰는 이유 당신이 말하는 이유 우리가
말하는 것들
오래된 산책 속에는
극장과 서점이 사라진 도시가 있고

폐업, 폐쇄, 반복되는 임시 개점과 휴업

선생님, 임대료는 점점 높아지고

그럼에도 삶은 계속된다고
당신이 말하지요

조용하고도 요란스럽게
내리는 비
젖고 있는 발

이해할 수 없는 것은 머리에
비스듬하게 쓰는 것도 하나의 방법인데요

거북은 계속되는 삶을 살고
문 닫은 안경원 앞에서 놀고 있는
두개의 작은 머리통을 오래 바라보고 있어요

꽃다발과 따발총

흰 장미의 붉었던 시절을 기억해
무더기로 바쳐진 충성을 기억해

네 귀의 문양과 내 귀의 문양은 같지 않고
비밀한 문은 아주 무거워

종종 우리는 진실의 바구니를 떨어뜨리기도 한단다

토욕구*의 건조한 땅을 밟았던 일
낭**을 찢어 오래 씹었던 일

흙집에 내려와 앉았던 참새가
나의 화단으로 날아와 지저귀고

우리는 피보다 먼 감정과 말씨로 이어진다

더러운 개의 흰 눈을 기억해
타오르는 재의 냄새를 기억해

위구르를 감싼 고요한 철문의 소리는
질문의 소리와도 같아

총을 든 사람은 어디까지 갈 수 있을까
제노사이드, 인종청소, 그리고 깨끗해진

거리의 환영 속에서
타오르는 흰 양말의 냄새를 기억해
솟아오른 바지들

금빛 개의 털에서부터
금빛 게의 털까지

폭력의 햇빛이 물들인 역사를 기억해

나는 붉은 꽃의 창백함을 말하네
너는 흰 총과 검은 꽃을 말하네

무덤 위로 기어오르는 백합의 징그러움을 기억하네

꽃 한송이에 폭탄을 던지면
자전거가 부서지겠지

접힌 유아차는 엎드린 이의 형상처럼
우리를 생각에 잠기게 하네***

* 위구르족의 촌락.
** 위구르 전통 음식.
*** 중국이 위구르족을 강제수용소에 억류하고 위구르족 여성을 대상으로 강제 산아 제한을 시행한 것으로 알려졌다.

YangYang Beach Map

국지적으로 내리는 비
이 비는 산성비

카약을 타고
웃고 떠들고 마시는 일이
메타버스의 일이 되었단다

백년 후
그리고 이백년 후

상상할 수 없을 만큼 많은 일이
상상 속 세계의 일이 될 거란다

우리가 통과하는 이상한
해변의 바늘들에 대해

구멍은 계속 열리고 아문다

뚫린 곳에서 흰 손이 솟아오르고

우리가 허공에서 찾고 있는 것은 무엇일까

모래놀이를 하고 있다
머리 위에서 흰 유에프오가 날아오른다

보통은 저걸 모자라 부르지
인간의 몸에서 가장 높은 꼭짓점에 쓰지

꼭짓점이라는 말이 낯설고
이상해 가장 높은 체온으로부터
미끄러지는 감각

차가운 모래의 감촉에 몸서리친다
이 세계의 아름다움이 끝나지 않는다

해양 동물의 긴 꼬리들

빛을 좇으며 바다 끝까지 내려간다
나의 호흡은 더없이 자유롭다

"접속 상태가 불량하여 재접속합니다"

머리 위 메시지와 함께
세계가 나노 단위로 쪼개져 섞이기 시작했다

바둑알

나는 산책로입니다. 개들과 담뱃불을 좋아해요. 개들의 눈에 담긴 것, 먹을 수 있거나 없는 것, 바둑아, 바둑아, 부르는 목소리에 담긴 것, 복고적인 것은 현대적인 것,

어젯밤 얼어 죽은 새를 보고 당신은 깜짝 놀랐군요. 새 이웃들이랍니다. 아이들이 놀러 왔어요. 거리에 눌러앉아 소리를 지르는군요. 어른들은 얌전히 가지고 놀 것을 쥐여주었어요.

나는 바둑알입니다. 흰 것은 검은 것, 검은 것은 흰 것, 공원에 모인 사람들은 돌을 놓으며 내기를 하고, 내기에 지고, 모든 것을 잃고 다시,

산책로로서, 공원으로서, 잔디로서 가장 바짝 깎은 풀이 되겠습니다. 나는 소도시입니다. 나는 아파트입니다. 나는 옆 학교입니다. 당신을 좋아해요. 그러나 결코 돕지는 않겠습니다.

리플레이

밑에서 바라보면 어느 건물이든 까마득히 높아 보여

연구원인 당신은
매일 학생처럼 가방을 무겁게 메고
전철과 버스를 여러번 바꾸어 타며 집으로 가지

고요하고도 시끄럽게
당신은 혼자이고 기계 앞에서
멍하게 떠들다가 잠들기도 하네

우연처럼 당신의 가방 속에 딸려 와

이 조그만 집에서
나, 앙코마우스와 당신은 산다

나는 결코 당신의 말을 알아들을 생각이 없고
당신의 발 또한
침대를 제멋대로 벗어난다

거울 속에서 움직이는 코는 어떠한지

당신이 흘린 빵 부스러기를 나누어 먹는
우리는 쿰파니스, 비밀스러운 코골이와
음식을 함께 나누는 동료

똑같이 눈 코 입을 가졌다
그러나 손 모양이라면 얼마나 다른지

우리는 함께 이 네모난 집에서
대멸종의 시대를 지나네

"멀리서 자기 집을 보면 꿈같죠, 안 그래요?"*

하나씩 떨어져가는 생필품이나
갑자기 물이 솟아오르며 존재감을 알리는 파이프

이 오래된 집에서
나, 앙코마우스와 당신은 산다

내 존재를 아는 것처럼
혹은 모르는 것처럼

폐간된 일간지 속
행운의 교차로처럼

어디에서든 희망의 증거를 찾고 싶어지고

이종 간의 사랑을 연구하는 학자인
당신에게 감응하는 한 방식으로서

스물세번째 사료 그릇과도 같이**
이 시의 한구석은 텅 비어 있고

(   )

우리는 서로를 기묘하게 닮아 있다네

나를 실험실의 쥐라고 부르지 말아줘

나는 당신이 바르는 화장품 속에
녹아들어 있고

당신이 버린 부자재 속에
나는 살고

당신은 삶의 주인이 되어 살고 싶어
더 넓은 집
활기찬 주방

당신이 나를 혐오하더라도
징그러워 못 견디더라도

내리는 비를 멈출 순 없지
우리는 기묘한 친척으로서

고요하고도 시끄럽게

구석에서 홀로 떠드는 텅 빈
텔레비전의 소음을 함께 듣지

당신은 두 발을,
나는 흰 수염을 까딱거리면서

* 영화 「리플리」의 대사 중에서.

** 영장류학자 델마 로웰은 연구를 위해 스물두마리의 양에게 매일 스물두개의 사료 그릇뿐만 아니라 스물세번째 사료 그릇을 제공했다. "아무에게도 할당되지 않은" 스물세번째 사료 그릇은 로웰이 양들에게 던지는 하나의 "질문"이었다.(최유미 『해러웨이, 공-산의 사유』, 도서출판b 2020 참조)

가장자리

여기서, 인간이 할 수 없는 이야기가 시작되는 것이다

여기서 오래된 웃음거리가 되는 것이다

여기서, 얼굴이 섞이는 것이다

귀엽거나 미친 것들이 세상을 지배한다

마음이 만든 무기로는 남을 해칠 수 없어

이상한 뿔 모양의 마음을 만든다

오래 쌓인 것들이 터지고 있다 세상은 변하지 않을 것처럼 변한다

무언가 돌아본다는 것은 이미 그것이 끝났다는 것이다

여기서 변이가 시작된다는 것이다

여기서 이미 지나간 장면이라는 걸 알게 되는 것이다

여기서 다음 장면을 기다리는 것이다

여기서 여기가 이미 저기라는 것을 알게 되는 것이다

별종, 침묵, 가려움, 재채기

여기서 새로운 종이 시작되는 것이다

| 해설 |

'나'의 시대, 그리고 멀리 가는 이야기

오연경

동시대인이 된다는 것은
우리가 결코 있어보지 못한 현재로
되돌아가는 것을 뜻한다.
—조르조 아감벤

우리는 동시대인으로 21세기에 거주하면서 한 개인으로 자신의 삶을 살아간다. 세기 단위로 셈해지는 인류의 역사와 한 개인의 생애 주기는 물리적 시간에 우연히 겹쳐 있을 뿐이지만, 우리의 삶은 어떤 식으로든 동시대성의 대가를 치르며 유지된다. 21세기를 '나'의 시대로 살아내기 위해, 그러니까 21세기와 '나'의 삶 사이의 시차를 겪어내기 위해 우리는 무언가를 지불해야만 한다. 한 시대는 그 시대의 특정한 조명을 발산하여 빛과 어둠을 만들어내고, 그 조명을 받아 가시화된 것들로 공적인 세계를 구성한다. 우리의 삶은 저 공적인 세계의 구속과 지지를 받으며 빛의 세계에 편입되지만, 각자 저마다의 생을 통해 지각하고 발견한 어둠이 세계의 얼룩진 그늘을 드러낸다. 개인의 불행 또는 슬픔의 얼굴을 한 이 어둠은 실은 시대가 체험해보지 못한 현재, 시대에 의해 억압되었으나 시대를 초과하여 시대 안에서 펼쳐지기를 기다리는 현재라 할 수 있다.

주민현의 시는 언제나 현재를 바라보고 현재에 대해 이야기한다. 그가 공원을 산책하고 광장을 지나며 풀어내는 이야기에는 세상의 이런저런 일들이 담겨 있다. 그러나 이 이야기들은 기원에 관한 것이자 미래에 대한 것이기도 하다. 그가 이야기하는 현재는 단순히 시간적인 지금이 아니라 현재에 속한 생명체들을 포획하고 분할하고 배치하는 이 시대이기 때문이다. 현재를 구축하는 시대성은 특정한 기원에 매달려 있으며 어떤 미래를 불가능한 것으로 만든다. 그러니까 "지나온 길의 입구란 미래의 비밀을 품고 있으니/우리는 무슨 꿈을 캐러 가는 광부들일까"(「기억의 문지방」)라는 시인의 물음은 현재를 뚫고 내려가, 현재가 되지 못한 과거의 꿈과 미래의 꿈을 캐내 오겠다는 다짐인지도 모른다. 아감벤에 의하면, 우리가 현재 속에서 체험하는 데 성공하지 못한 것에 주의를 기울이는 것이 동시대인의 삶이다.* 주민현은 자신의 삶을 바라보는 시선으로 시대의 내밀한 어둠을

식별하고, 일상을 꾸리는 발걸음으로 시대가 잃어버린 현재에 닿는다. 그리하여 시인이 자기 인생에 충실한 동시대인으로 '나의 시대'를 이야기할 때, 그것은 여럿이 함께 멀리 가는 이야기가 된다.

시간의 문지방을 밟고 서서

긴 기억의 회랑을 건너
문지방을 밟고 나의 방을 바라보면

녹색 담요를 두른 작은 개와
어둠에 휩싸인 책들

문지방을 밟고 반대편을 바라보면
할머니가 된 나에게 물어보고 싶은 것

무엇을 먹고 무슨 꿈을 꾸는지
어떤 일과로 하루가
굴러가는지

* 조르조 아감벤·양창렬 『장치란 무엇인가? 장치학을 위한 서론』, 난장 2010, 85면.

그 방에는 아직 녹색 담요가 남아 있는지

작은 개가 내 손을 건드릴 때
내 인생이 오래된 레코드처럼
튀었다 흐르기 시작해

활짝 벌어진 주름치마는
무언가 말하려 살짝 벌어진 입술같이

—「오래된 영화」 부분

이번 시집의 첫 시 「오래된 영화」는 "깊이 잠들었다 눈뜬 아침에/내 인생이 오래된 영화처럼 느껴질 때가 있어"라는 구절로 시작한다. 이는 자신의 인생이 다른 사람의 것인 양 낯설어지고 현재에 들러붙은 삶이 아득히 멀어지는 것 같은 때이다. 시인은 문지방을 밟고 서서 자신의 인생을 바라봄으로써 이 느낌을 유지한다. 문지방은 내부와 외부, 가까운 곳과 먼 곳을 연결하면서 분리하는 경계이자, 다가가는 동시에 물러서는 이중의 시선을 가능하게 하는 지점이다. "문지방을 밟고 나의 방을 바라보면" 지나간 시간이 보이고 "반대편을 바라보면" 앞으로 펼쳐질 시간이 떠오른다. 그리고 이렇게 확장된 시간 속에 "인간의 역사"와 "알 수 없는 은유"와 "처음부터 다시" 반복될 연주가 가득 쟁여 있다는 것을 알게 된다. 이 시의 전반부에 등장하는 "주름치마" "입체 그림책" "아코디언" "트럼프 카드"와 같은 유사한 이미지들은 접히고 겹친 채 쟁여 있던 것들이 "활짝" 펼쳐지는 순간을 예비하고 있었던 것이다. 마침내 펼쳐질 그것은 "작은 개가 내 손을 건드릴 때"처럼 우연한 순간에 솟아날 다른 시간, 그리고 "살짝 벌어진 입술"에서 흘러나올 다른 말이다.

주민현의 시에서 문지방은 지금 이 시간을 먼 곳까지 펼쳐 다른 시간과 관련짓게 하는 자리, 그리하여 '나'의 인생과 동시대를 어떤 시차에 두는 자리와도 같다. 시인은 "문지방을 밟으면 부정을 탄다"는 옛말을 떠올리며 "금지된 것을 밟고 서 있으면 발밑이 하염없이 깊어지는 것 같"(「기억의 문지방」)다고 말한다. 지금 여기에서 금지된 것은 이 시대를 구축하기 위해 배제되어야만 했던 것, 비밀에 부쳐진 기원이다. 그러므로 문지방을 밟고 서면 깊어지는 발밑으로 이 세계의 위태로운 기반이 내려다보이기 시작한다.

> 그렇다면 우리가 지키고 사는 건 뭘까,
> 세계가 광적으로 열광하거나 침묵하는 것 사이에
> 달콤하고 시큼한 애플파이 한조각이 묻혀 있고
> 우리는 오늘도 코를 킁킁대며 열심히 일했어.
> 21세기에 에어컨 없는 집이란 복고적, 이국적이고
> 에어컨이 없고 베란다가 없고 환풍기가 없고 그렇게 무언가 하나쯤 없는 집들을 돌며

친구여, 우리는 풍부한 불협화음을 형성한다네.
이 주머니에서 꺼낸 지폐를 저 주머니에 밀어 넣으며
세계는 무한 증식하며 발전 중이라는
우스운 이야기를 믿나, 친구여,
자본의 폭설 속에서 좀더 새로운 것, 좀더 새로운 것……을
찾아 복제되는 게임과 복제되는
책들을 휴일 저편 어딘가에 밀어두고
우리는 유리에 코를 댄 채 하염없이 바다를 바라보았군.

—「실내 비판」 부분

유리로 둘러싸인 실내는 "세계를 바라보는 동시에 속하게 된", 문명이 지어 올린 "새로운 우주"이다. 자신이 속한 자연을 타자화하고 에어컨, 베란다, 환풍기 같은 인공적인 장치로 다시 자연을 모방하는 이 시대는 "세계는 무한 증식하며 발전 중이라는/우스운 이야기"에 토대를 두고 있다. 시인은 21세기 자본의 시대에 "우리가 지키고 사는 건 뭘까"라고 묻는다. "세계가 광적으로 열광하거나 침묵하는 것 사이"에서 우리는 한조각의 자기 몫을 찾아 열심이지만 결국에는 늘 "무언가 하나쯤 없는 집"으로 돌아가게 된다. 그러니까 "21세기에 에어컨 없는 집이란 복고적, 이국적"이라고 말하는 시인의 유머에는 유머를 넘어서는 무언가가 있다. "자본의 폭설 속에서 좀더 새로운 것"을 찾아 자기복제를 거듭하는 이 세계는 이미 너무 낡았다. "우리가 발견하고 건

설한 것들이/우리를 낡아가게 만드는 이곳"(「피아노의 우연한 탄생처럼」)에서 오히려 "복고적인 것은 현대적인 것"(「바둑알」)이 된다. "세계가 광적으로 열광"하는 것이 "유리에 비친 환영"이나 "도저히 닿지 않을 신기루"일 뿐이라면, 우리가 정말 지켜야 할 것은 각자의 결핍된 삶으로 복구할 지나간 시간, 그 이질적인 시간들이 만들어낼 "풍부한 불협화음"일 것이다. 이것이 이제부터 주민현의 시에서 마주하게 될 세계의 얼굴이자, 의도적인 시차와 시대착오를 통해 도달하게 될 동시대성이다.

세계의 가장 사적인 얼굴을 수집하며

주민현의 시를 읽으면 익숙한 일상의 곳곳을 지나게 되고, 거기서 지금 우리가 보고 듣고 겪는 온갖 사건과 이슈를 마주하게 된다. 기후위기, 팬데믹, 폭염, 가뭄, 산사태, 산불은 물론 우크라이나 전쟁, 프랑스 총기 난사 사건, 위구르족 인종 탄압, 지하철 화장실 살인 사건부터 구조조정, 산업재해, 가정폭력, 성희롱, 불법 촬영, 데이트 폭력, 아동학대에 이르기까지. 그러나 시에서 이러한 사건들은 그 자체로 잘 보이지 않는다. 시인이 보여주는 것은 예외적인 것으로 보도되는 사건 자체가 아니라 우리의 일상에 스미고 새겨진 항상적 재난의 이야기들, 각기 다른 존재자들의 고통을 평평하고 납작하게 만드는 거대 서사에 맞서 올록볼록 솟아나는 작은 이야기들이다.

역사는 승리한 자들의 얼굴만을 기록해왔지만

당신과 내가 같은 호흡을 나누어 가진다면
우리의 얼굴도 다시 쓰여야겠지요

시든 꽃과 죽은 새와 이름 모를 당신과 걸으며
우리 가방에 달린 작은 방울이 흔들릴 때

앞으로 나아가는 것이 전부인 세계라 믿으면
이 지면은 평평해요

세계의 가장 사적인 얼굴을 수집하며
울퉁불퉁한 길을 함께 걸어요

나는 더 작은 집으로 이사를 준비하고
당신은 폭격을 피해 떠나고 있어요

그 나라엔 영문을 모르고
주인 곁에서 끙끙거리는 개가 있겠지요

거리엔 크고 작은 묘비들이 꽃 없이 생기고 있어요

—「꽃 없는 묘비」 부분

'우크라이나에게'라는 부제가 달린 이 시는 전쟁을 배경으로 하지만 "아이들의 신발" "작은 거미가 만드는 집" "새가 물고 날아가는 나뭇가지" "고양이의 가르릉" "시든 꽃과 죽은 새" "가방에 달린 작은 방울"에 대해 이야기한다. 시인의 시선은 우리가 소중히 여기는 것들, 가까스로 아끼고 지켜낸 고요와 평화, 거대하고 어리석은 역사에 가려진 저마다의 "작은 행진"에 머문다. "승리한 자들의 얼굴"이 아니라 "같은 호흡을 나누어 가진" "우리의 얼굴"을 기억할 때 지금까지와는 다른 이야기가 쓰일 것이다. "이제는 작은 것을 말하고 싶어요"라고 다짐하는 시인은 "앞으로 나아가는 것이 전부인 세계라 믿"는 이곳에서 지나온 시절을 돌아보고 발밑을 살피고 하늘을 올려다보며 작고 울퉁불퉁한 이야기들을 수집한다. 그것이 바로 "세계의 가장 사적인 얼굴"이며, 이 얼굴로부터 삶은 다시 쓰여야 한다.

주민현이 다시 쓰려고 하는 이야기는 낱낱의 생명체들의 삶의 세목과 차이에 집중하는 작은 이야기일 뿐 아니라 하나의 확성기로 증폭되어온 세계의 거대한 이야기에 대항하는 작은 이야기이기도 하다. 시인이 첫 시집에서부터 지속적으로 동시대 여성의 삶을 이야기해온 이유는 여성의 목소리가 세계의 공적인 얼굴에 균열을 내는 "불협화음의 목소리/끝나지 않는 서사"(「우리는 베를린에서」)를 만들어내기 때문이다. 아담과 이브의 이야기를 릴리트의 이야기로, 헨젤과 그레텔의 이야기를 "그레텔과 그레텔"(「그레텔과 그레텔」)의 이야기로, 할리우드 여배우 헤디 라마의 이야기를 "주파수 도약 발명가였다는 헤디 라마의 이야기"(「와이파이」)로, 플라톤의 이야기를 "최초의 여성 철학자 히파티아의 이야기"(「다 먹은 옥수수와 말랑말랑한 마음 같은 것」)로 다시 쓸 때 "처음 보는 방향으로 펼쳐지는 이야기를 따라"(「그레텔과 그레텔」) 우리의 세계가 넓어진다.

세상을 바꾸는 건
작고 미세한 균열, 균열들

우리는 파편적이고 어긋난 말들을 모아
우리의 언어로 말하네

1500년대에는
머리 긴 여자들이 모두 마녀라 불렸대

마녀의 이야기는 인간의 언어가 아니어서
모두 매장되었지

(…)

머리카락의 정치적 함의에 대해
말할 수 있는 자는 누구인가,

양파, 동그란 두상
양파, 솟컷의 역사
양파, 위로 자라나는 싹

겹겹이 포개지는 얼굴들같이

넓어지는 세계 속으로
뭉근하게 다이빙하면

좋은 양파란
무르지 않고 껍질이 바삭거리며 선명한 것

그건 마치 좋은 인간에 대한 이야기로 들려서
나는 좋은 양파가 되고 싶다

—「넓어지는 세계」 부분

"머리 긴 여자들"을 모두 마녀라 불렀던 역사는 "마녀의 이야기는 인간의 언어가 아니"라고 매장해온 기나긴 시간을 거쳐 "머리카락의 정치적 함의"를 논하는 최근에 이르기까지 남성 중심, 인간 중심의 거대 서사를 써왔다. 이 서사에 묻혀 목소리를 잃은 여성들이 "파편적이고 어긋난 말들을 모아/우리의 언어로 말하"기 시작하면 세계는 어떤 모습이 될까? 시인은 이 맥락에서 갑자기 엉뚱한 양파 이야기를 꺼낸다. "무르지 않고 껍질이 바삭거리며 선명한" "좋은 양파"에 대해 이야기하다보면 남성이니 여성이니, 마녀니 정치니 하는 프레임에서 벗어나 "좋은 인간에 대한 이야기"를 할 수 있을 것 같기 때문이다. "겹겹이 포개지는 얼굴들같이" 각자의 서로 다름이 여러겹을 이루는 세계는 진보와 팽창의 신화처럼 바깥으로 넓어지는 세계가 아니라 갈라진 땅으로 "새로운 지형과 개체가 생겨나" "이름 모를 벌레들이 계속 증식하"는, 그리하여 겹겹의 내면과 생명을 품은 채 깊어지고 넓어지는 세계인 것이다.

조금 다른 천국을 상상한다면

이제 우리에게 필요한 것은 상상력이다. 여기에 없는 곳을 상상하려면 먼저 익숙하고 당연한 여기를 이상하다고 느끼는 감각이 활성화되어야 한다. 주민현의 이번 시집에는 '이상하다'라는 단어가 자주 등장한다. "너무 빠른 기계 너무 많은 물건 너무 편리한 배송이/문득 이상하"(「오늘의 산」)고, "넘치는 강물과 흘러내리는 산사태에도//우리가 모두 살아 있다는 사실이 이상하"(「지속 가능한 이야기를 찾아서」)고, "어떠한 손금도 금방 낡은 지도가 되는 이곳에서 그래도 꿈을 꾸는 사람들이 있다니 이상하"(「빛의 광장」)다. 인류가 인간 중심의 문명을 건설하기 위해 구획하고 배치한 질서는 절대적 진리인 양 작동하고 있지만 그 기원을 따져보면 자의적이고 이상한 프레임에 기반한다. 현재의 굳어진 프레임이 "상상할 수 없을 만큼 많은 일이/상상 속 세계의 일이 될 거"(「YangYang Beach Map」)라는 우울한 전망을 초래했다면 지금 우리가 당연하게 여기는 삶의 질서를 의심해볼 필요가 있지 않겠는가. 주민현은 '인간 없는 세상'*이라는 와이즈먼의 사고실험처럼 "그림 없는 미술관"이라는 상상을 통해 이 세계를 지배하는 프레임이 무엇인지 묻는다.

미술관에 그림이 없다면
무엇이 전시될까요

지구에서 동물이 사라진다면
작고 약한 것부터 무릎 꿇리게 될까요

밖에 불이 났나봐요

* 앨런 와이즈먼 『인간 없는 세상』, 이한중 옮김, 알에이치코리아 2020.

소방차가 왔으나 아직은 하늘이 거무스름하고

나는 창 안에서 개를 안고 있어요
개는 따뜻하고
인간을 맹목적으로 믿는 듯이

맹목적인 따뜻함

개를 사랑하지만 양을 먹어요
소를 입고요 말은 탑니다

인간과 동물이라는 프레임 속에서

타오르던 연기가 걷히고
이제 그만 돌아갈게요

—「그림 없는 미술관」 부분

'인류가 사라진 지구'라는 단순한 가정이 그토록 많은 생각을 불러일으킨 것처럼 "그림 없는 미술관"에 대한 상상은 우리가 무엇을 프레임 안에 넣고 무엇을 전시할 만한 것으로 분류해왔는지 알게 한다. 이런 식의 가정은 계속될 수 있다. "지구에서 동물이 사라진다면" 우리는 어떤 "작고 약한 것"을 동물과 같은 지위에 배치할 것인가. 질문을 계속해보

자. 창밖의 불을 구경하면서 "창 안에서 개를 안고" "맹목적인 따뜻함"을 누리는 인간의 권리는 누가 부여한 것인가. 개를 사랑하면서 양을 먹고 소를 입고 말은 타기로 한 인간의 분류와 사용은 당연한 것인가. "인간과 동물이라는 프레임"은 어디에 기원을 두고 있는가. 이 시의 마지막에 '우리'는 "프레임 없는/뒤바뀐/프레임을 초과하는/부정하는" 그림 속으로 걸어 들어간다. "입구에 두고 온 사람을 찾으러/미술관을 반대로 빠져나가"듯이 "키치와 미니멀을 지나/리얼리즘의 시대를 지나"(「방역」) 더 멀리 기원을 향해 걸어간다면 거기서 "아직 빚어지지 않은 인간의 형상"이 있는 "미래의 이야기"(「지속 가능한 이야기를 찾아서」)를 발견할지도 모른다. 세상을 지배하는 온갖 이분법을 넘어, 다양한 종을 넘나드는 미래의 이야기를 쓰기 위해서 우리에게는 다시 상상력이 필요하다. "우리가 모르는 곳"(「와이파이」)에 함께 도달할, 연결된 존재들에 대한 상상력.

우리가 조금 다른 천국을 상상한다면
천국도 지옥도 아닌 다른 쪽으로 걸어볼 수도 있겠지.
먼 훗날,
여자도 남자도 아닌
진보도 퇴보도 아닌
무한한 스크롤의 쇼핑 지옥도
죽어야만 끝나는 노동의 천국도 아닌

곳으로 반발짝, 모호한 천사로 방문하는 거야.

더 많은 발전기를 돌려 행복을 찍어낸다고 믿는 자본주의적 천사가

어느 날 천국의 존재를 의심할 때

당신의 세계도 멈추기 시작했어.

그러니 오늘을 세계의 휴업일로 만들자,

천국의 도면을 훔쳐 낙서를 하고

신의 얼굴에 콧수염을 그리거나 웃긴 점을 찍어도 좋겠지.

그리하여 무계획의 천사와 엉뚱한 천사를 마구 만들어내어 천국의 청사진에 훼방을 놓는 거야.

언제나 나와 다른 얼굴을 가진 네가 키득키득 참새와 코뿔소와 도롱뇽을 위한

비밀스러운 천국을 만드는 걸 바라보면서.

—「천사와 악마」 부분

천사와 악마, 천국과 지옥, 여자와 남자, 진보와 퇴보 등 익숙하고 전형적인 이분법들이 여전히 세상을 지배하고 있다. 하지만 "풍요와 낙관의 시대"를 지나 보내고 "한번도 가본 적 없는 길을 가고 있"는 인류에게 이제는 다른 방식의 사고가 필요하다. 천사와 악마 사이에는 "천국을 의심하는" 천사도 있고, 천국과 지옥 사이에는 "조금 다른 천국"도 있을 수 있다. "더 많은 발전기를 돌려 행복을 찍어낸다고 믿는 자본주의적" 세계는 멈추기 시작했다. 그러니까 "세계의

휴업일"은 "모호한 천사" "무계획의 천사" "엉뚱한 천사"와 함께 이쪽도 저쪽도 아닌 곳으로 "반발짝" 첫걸음을 떼는 날이다. "천국의 청사진"은 하나가 아니며, 천국을 꿈꾸는 것이 오직 인간만의 일인 것도 아니다. "언제나 나와 다른 얼굴을 가진" 당신들이 만들 천국은 저마다 다른 "비밀스러운 천국"일 테지만, 조금씩 다른 천국의 존재를 우리는 함께 바라볼 수 있다.

이 세계의 아름다움이 끝나지 않는다

이번 시집에는 인간이 아닌 화자가 등장하는 시가 한편 있다. 「당신의 이야기」에서 '당신'의 불운한 병을 진단한 기계는 인간에 대해 이렇게 말한다. "그 어떤 노래도 가능하지 않을 때조차 희망을 꿈꾸는, 인간의 단면을 가르면 누구에게나 암벽 같은 외로움이 있지." 데리다는 우리 각자가 서로에 대해 전적으로 타자라는 사실을 새삼 강조하면서 자신에게는 비밀을 애호하는 취향이 있다고 말한다.* 주민현의 시는 타인의 타자성을 지켜주는 저 비밀 애호가들이 작은 불빛으로 연결된 비밀의 공동체가 되기도 한다는 것을 보여준

* 자크 데리다·마우리치오 페라리스 『비밀의 취향』, 김민호 옮김, 이학사 2022, 111면.

다. “죽으려는 사람의 가스 불 소리”와 “행복에 겨운 두 사람이 포개지는 소리”(「밤은 신의 놀이」)를 동시에 들게 된다면, “인생의 불씨를 꺼뜨리려던 사람이/아직 희미하게”(「전구의 비밀」) 켜둔 불을 보게 된다면 우리는 더이상 서로의 비밀을 지켜줄 수가 없다.

> 깨진 전구는 늘 날카로움을 가르치고, 그건 우리가
> 밤에 속삭이듯 말하게 되는 이유라네. 버스는 도시의
> 가장 구불구불한 곳까지 가고, 우리가 불빛과 유행가와
> 전기로 이어져 있다면, 나도 어디선가 네 손을
> 잊지 않고 꽉 붙들고 있는 거라고. 전기가 도달하는
> 가장 끝 집은 어딜까. 인생의 불씨를 꺼뜨리려던 사람이
> 아직 희미하게 불을 켜두었을 때, 이렇게나
> 많은 곳에서 동시다발적으로 전기란 존재하지만,
> 몹시 어두운 얼굴을 하고 있던 이들의 표정을
> 잠깐 따라 해보자. 그들의 음성을 우리의 입술로
> 말해보면, 우리 눈에 같은 것이 반짝, 어릴지 몰라.
>
> —「전구의 비밀」 부분

폭로해야 할 비밀이 꼬마전구에 있다니, 귀엽고 따뜻한 유머가 빛나는 시이다. 우리는 죽음에 이를 만큼 각자 고독하지만 “불빛과 유행가와/전기로 이어”질 수 있다. 골목길이 갈라지고 흩어져 구석구석에 닿고 마을버스와 전기가 골

목을 따라 "가장 끝 집"까지 이어지는 이유는 우리가 연결되어야 하는 존재들이기 때문이다. 이 연결은 기술적으로는 균질적이지만 자본에 의해 차별적으로 분배되는 네트워크적인 것이 아니라 존재자들의 경험이 마주치는 계기를 따라 도약적으로 수행되는 뜨개질 같은 것이다. "몹시 어두운 얼굴을 하고 있던 이들"의 "음성을 우리의 입술로/말해보면" 그 순간 서로의 눈빛이 연결되고, 빵 한조각에 얽힌 이야기를 알고 나면 오늘 아침 식탁에 올라온 "피에 젖은 빵은 삼킬 수 없는 것"(「빛으로 이루어진」)이 된다. 그러니까 우리는 이야기로 연결된다. "세상을 제대로 바라보기 위해선 한줌의 어둠, 약간의 슬픔이 필요"(「둥근 탁자」)한 것처럼 서로를 제대로 바라보기 위해선 밤새도록 털어놓을 슬픈 이야기가 필요하다.

"밤이 검은 건 우리가 서로를 마주 봐야 하는 이유"이며 "어둠 속에서 이야기는 생겨나"(「밤이 검은 건」)는 법이다. 주민현은 검은 밤에서 '나'와 '당신들'의 이야기를 수집하여 "흰 실로 새 이야기를 직조한다"(「그레텔과 그레텔」). 그리고 이 이야기들이 더 좋은 삶, 더 멀리 가는 시간을 함께 꿈꾸게 한다.

우리가 함께 웃는다

혐오나 차별의 언덕을 간단히

넘어갈 수 있다는 듯이

미래는 아직 심어본 적 없는 문장
꿈꾸어본 적 없는 장면

그러나 늘 그려보았다는 듯이
너무 많이 상상해와서 꼭 맞는 옷처럼

우리는 우리가 말할 수 있는 미래
다만 한걸음 더 걸어가보면서

—「다 먹은 옥수수와 말랑말랑한 마음 같은 것」 부분

"깜깜한 어둠 속에서/동트는 아침의 빛 속에서" 우리는 함께 "꿈꾸고 말하고 웃고 듣"는다. 미래는 심기고 꿈꾸어지길 기다리는 씨앗으로 이미 여기에 있다. 우리가 그려보고 상상하고 말하기를 멈추지 않는 한 "이 세계의 아름다움이 끝나지 않는다"(「YangYang Beach Map」). 그리고 "혐오나 차별의 언덕"을 넘어 우리가 그리고 상상하고 말한 미래가 마침내 우리의 현재가 될 것이다. 이러한 믿음을 주민현의 시는 동사의 힘으로 밀고, 생동감 넘치는 부사의 리듬으로 끌고 나간다. 그리하여 "아직 심어본 적 없는 문장"이 우리의 감각을 출렁이게 하고 "꿈꾸어본 적 없는 장면"이 우리의 몸을 깨우며 활짝 피어난다. 주민현은 "종이 한장의 무게"

(「밤이 검은 건」)로 중심에서 퍼져나가는 파문을 만들지는 못할지라도 중심이 아닌 가장자리에서 "변이가 시작"(「가장자리」)되게 할 수 있다는 것을 보여준다.

마지막으로 이번 시집의 여기저기 갈피에서 꺼내 이 글의 소제목으로 삼은 구절들을 연결하여 또다른 이야기를 직조해본다. '시간의 문지방을 밟고 서서 세계의 가장 사적인 얼굴을 수집하며 조금 다른 천국을 상상한다면 이 세계의 아름다움이 끝나지 않는다.' 여기서부터 다시 이야기는 당신의 입술을 타고 멀리 갈 것이다. 우리는 이토록 외롭고 아름답고 이상한 별을 떠나지 않은 채 '나의 시대'를 사랑하기로 마음먹은 것이다.

吳姸鏡 | 문학평론가

| 시인의 말 |

물속에 일렁이는 빛을 오래 바라본 적이 있다. 빛은 만질 수 없고 두 손에 가둘 수 없고 그래서 신비롭구나.

만질 수 없는 장면과 마음을 붙드는 게 시라면 다정하게 열린 창문, 흐르는 노래였으면 좋겠다. 창밖으로 아이들 웃음소리가 들린다. 컵 속 얼음이 찰그랑거린다. 여름이다.

이 시들을 쓰며 나의 시간은 조금 더 갔다. 이것을 읽으며 당신의 시간도 조금 더 가기를. 그래서 머리 위로 떨어지는 빛을 함께 볼 수 있기를.

2023년 여름

주민현

창비시선 490
멀리 가는 느낌이 좋아

초판 1쇄 발행/2023년 7월 14일
초판 2쇄 발행/2023년 8월 15일

지은이/주민현
펴낸이/강일우
책임편집/최수민 박문수
조판/황숙화
펴낸곳/(주)창비
등록/1986년 8월 5일 제85호
주소/10881 경기도 파주시 회동길 184
전화/031-955-3333
팩시밀리/영업 031-955-3399 편집 031-955-3400
홈페이지/www.changbi.com
전자우편/lit@changbi.com

ISBN 978-89-364-2490-9 03810

* 이 책은 서울특별시, 서울문화재단 '2023년 창작집 발간 지원사업'의
지원을 받아 발간되었습니다.

* 책값은 뒤표지에 표시되어 있습니다.